KB120369

공립유치원 교사의

이로운 육아일기

공립유치원 교사의 이로운 육아일기

초 판 1쇄 2023년 11월 15일

지은이 김희진
펴낸이 류종렬

펴낸곳 미다스북스
본부장 임종익
편집장 이다경
책임진행 김가영, 신은서, 박유진, 윤가희, 윤서영, 이예나

등록 2001년 3월 21일 제2001-000040호
주소 서울시 마포구 양화로 133 서교타워 711호
전화 02) 322-7802~3
팩스 02) 6007-1845
블로그 http://blog.naver.com/midasbooks
전자주소 midasbooks@hanmail.net
페이스북 https://www.facebook.com/midasbooks425
인스타그램 https://www.instagram/midasbooks

ISBN 979-11-6910-381-7 03810

값 18,000원

미다스북스는 다음세대에게 필요한 지혜와 교양을 생각합니다.

선생님에서 엄마가 되어가는 시간

공립유치원 교사의 이로운 육아일기

김희진 지음

프롤로그

2014년 5월. 연애 시작. (안양-서울)

2017년 3월. 장거리 연애 시작. (안양-포항)

2021년 1월. 주말부부 시작. (동탄-포항)

2021년 12월. 출산.

남편과 연애 때부터 지금까지 함께 보낸 시간이 10년 차이다. 그 시간 동안 이젠 장거리 기간이 더 길다. 남편이 대학원에 진학하면서 우리의 장거리 연애가 시작되었다. 원래 이럴 계획은 아니었는데 생각보다 남편의 포항 생활이 길어졌고 우리에게 아이는 빨리 찾아왔다. 그래도 그냥 주말부부로 지낼 때는 괜찮았는데 아이가 찾아오니 여러 고민이 생겨났다. 크게 두 가지 선택지가 있었다.

1번. 내가 포항에 내려가 남편이 살고 있는 30년 이상 된 10평대 기숙사 아파트에서 산다.

2번. 경기도 화성시 동탄 신축 34평 아파트에 살며 주말 부부 생활을 한다.

결론적으로 후자를 선택했다. 포항 생활은 남편이 있다는 것이 유일한 장점이었다. 그런데 '남편만 보고 포항으로 내려가면 정말 행복이 보장되는 걸까? 남편이 24시간 같이 있는 것도 아니고 출근하는 시간에는 어차피 혼자 있어야 한다. 아는 사람 하나 없는 그곳에서 남편만 기다리는 생활은 정말 괜찮을까?' 이런 생각들이 가득했다. 그래서 일단 주말부부로 지내보고 정 힘들면 그때 포항으로 내려

가든가 다시 고민해보기로 했다. 그리고 그렇게 지금까지 주말부부 생활을 하고 있다.

나는 원래 우울감이 거의 없는 사람이었다. 한때는 오히려 조증이 의심될 정도였다. 그런 나에게도 산후우울증이 찾아왔다. 12월에 출산하고 그 겨울이 참 길게 느껴졌다. 마치 이 겨울이 끝날 것 같지 않았다. 그래도 다행히 시간은 공평해서 겨울이 지나고 봄이 왔다. 산후우울증도 지나가고 주말부부, 평일 홀로 육아도 적응해 나갔다.

물론 잘 적응하며 해내었지만, 아이와 함께하는 24시간은 매 순간 기운차고 즐거운 일은 아니었다. 그렇지만 모든 순간이 의미 있는 시간이었다. 그래서 그 순간순간을 기록하고 싶어졌다. 그것이 기쁨이던, 슬픔이던 내가 엄마가 되어가고 있는 온전한 과정이기 때문이다. 주변에서 나를 바라볼 때 유치원 교사이기 때문에 육아를 더 잘 알고 수월하게 해낼 거라고 기대하기도 한다. 하지만 그렇지 않다고. 나도 다 처음이라 서툴고 엉망진창이라고 이야기하고 싶었다. 선생님은 해봤지만, 엄마는 처음이라고. 그래서 평범한 초보일 뿐이라고 말하고 싶었다. 그리고 나의 꾸밈없는 이 이야기들이 누군가에게 공감과 위로가 될 수 있을 거라고 생각했다.

아이를 키우는 일은 희로애락을 다 담고 있다. 기쁘고 즐거울 때도 많지만 노엽고 슬플 때도 분명히 있다. 그 모든 순간을 견디고 보내며 우리는 아이를 꿋꿋이 키워내고 있다. 나처럼 꿋꿋한 누군가에게 이 글이 작은 응원과 힘이 되어주기를 바란다. 나의 육아 계절은 겨울인 것만 같다고 느끼는 누군가에게 따뜻한 봄바람 같은 글이 되어주기를 소망해 본다.

Part 1

엄마가 되어가는 시간들 (출산부터 50일)

'자연주의 출산'이라고… 알아요?

언젠가 내가 고등학생일 때 TV에서 우연히 '자연주의 출산'이라는 것을 접하게 되었다. 자연주의 출산은 태중의 아이에게 스스로 태어날 힘이 있다고 믿는다. 그래서 아이가 세상으로 나오는 그 시간을 충분히 기다려 준다. 더불어 남편이 출산 과정에 적극적으로 동참한다. 출산에 도움이 되는 스트레칭을 남편과 같이할 수 있도록 안내한다. 그리고 남편은 아내의 출산 과정을 가장 가까이에서 지켜볼 수 있다. 또한, 자연주의 출산은 산모가 주체가 되어 출산의 옵션을 선택할 수 있다. 의료진의 일방적인 선택이 아닌 산모에게 선택할 수 있는 여러 제안을 해준다. 이런 자연주의 출산의 특징들이 십 대의 나에게 매력적으로 다가왔다. 그때 막연히 '나도 나중에 아이를 가지고 출산하게 된다면 자연주의 출산을 해보고 싶다.'라는 생각을 하게 되었다.

그 나중이 지금이 되었다. 결혼하고 3개월 만에 갑작스러운 임신이었지만 출산 병원을 찾아보며 당연하게 자연주의 출산이 가능한 곳인지 알아보게 되었다. '자연주의 출산'이라고 하면 보통 '그거 무통 주사 없이 쌩으로 애 낳는 거 아냐?'라고 생각하는 것 같다. 틀린 말은 아니지만, 결코 그 한 문장으로 다 담을 수 없는, 충분히 좋았던 나의 자연주의 출산기를 적어보려 한다.

먼저, 내가 출산한 병원에서는 자연주의 출산을 희망한다고 결정하면 자연주의 출산 팀장님(조산사)과 오리엔테이션 시간을 갖는다. 나는 2회 정도 시간을 가졌다. 남편도 동행한다. 간단한 소개와 자연주의 출산에 대한 교육을 해주셨다. 골반을 열어 출산에 도움을 주는 운동법들도 알려주셨다. 여러 이야기를 나누며 팀장님과 라포 형성을 해갔다. 궁금한 것들을 질문하기도 했다. 출산 예정일이 다가오고, 출산 신호 같은 것들이 있을 때 팀장님과 연락할 수 있도록 안내해 주셨다. 그리고 출산 방에 붙여놓을 이름표를 준비해 오도록 하셨다. '열매'라는 태명을 적어 붙이며 아이를 기다리던 그 기다림이 여전히 기분 좋게 기억된다. 예정일이 가까워져 오고 아이를 기다리며 남편과 집 앞 호수를 계속 걸었던 겨울도 참 좋았다.

그렇게 아이를 기다리던 예정일이 지난 주말, '어? 이게 진통인가?' 싶은 느낌이 들었다. 진통 앱을 켜고 간격을 체크하며 조산사님께 연락을 드렸다. 일단 병원으로 와보라고 하셔서 급히 병원으로 향했다. 하지만 병원에서 듣게 된 이야기는 "이게 가진통이에요."였다. 가진통이라는 끔찍한(?) 이야기를 듣고 집에 돌아왔다. 그리고 화요일 밤부터 진짜 진통이 시작되었다. 당시에는 그게 또 가진통일까 봐 참을 수 있을 때까지 견뎌야겠다고 생각했다. 진통을 참고 참다가 결국 한숨도 못 자고 아침을 맞았다. 밤새

배보다 허리가 너무 아팠다. 불규칙한 간격으로 허리와 배가 아플 때는 남편이 뒤에서 허리를 눌러주었다. 남편이 눌러주지 않으면 도저히 견딜 수 없는 1분이었다. 너무 아파서 집 욕조에 따뜻한 물을 담고 반신욕을 하기도 했다. 반신욕은 통증을 완화해 주는 효과가 있었다. 지금 생각하니 이게 진짜 진통이었다. 진통의 세기는 강했지만, 간격이 일정하지 않아 당시에는 진짜 진통이라고 생각하지 못했다.

그렇게 밤을 꼴딱 새우고 도저히 안 되겠다 싶어 아침에 병원에 가려고 준비했다. 그 와중에 뭐라도 먹겠다고 남편이랑 호박죽을 나눠 먹고 식탁에서 일어섰다. 그 순간 무언가 왈칵 쏟아지는 느낌이 들었다. "여보… 나 양수 터진 것 같아…." 맞았다. 양수가 터진 것이었다. 남편이 운전대를 잡았고, 우리는 급한 마음으로 병원에 도착했다. '자궁문이 얼마나 열렸을까? 이렇게 아팠는데 4cm는 열렸겠지?' 하는 약간의 기대감으로 내진을 받았다. 나의 기대와는 다르게 자궁문이 고작 2.5cm 열렸다고 하셨다. 밤새 한숨도 못 자고 내내 아팠는데 2.5cm는 다소 충격적이었다.

자연주의 출산 방 입구

병원에서 촉진제 투여를 권장해 주셨다. 자연주의 출산은 약물을 아예 쓰지 않는 출산법이라고 알고 있는 분들이 많은 것 같은데, 그렇지 않다. 필요에 따라 산모가 주체적으로 출산 옵션을 선택할 수 있는 출산 방식이라고 표현하는 것이 더 맞다. 나는 촉진제 투여에 동의했고 1시간 30분 정도 촉진제를 맞았다. 촉진제를 맞으니, 자궁문이 더 열려 4cm가 되었다. 그제야 '열매'라는 이름표가 붙어 있는 자연주의 출산 방에 들어갈 수 있게 되었다.

따뜻한 욕조에서 진통을 보내는 모습

자연주의 출산 방은 온돌형 방이었고 바닥이 따뜻했다. 은은한 주황빛 조명이 켜져 있어 아늑한 분위기였다. 그곳에서 조산사님의 1:1케어를 받을 수 있었다. 자연주의 출산에서는 약물 개입을 최소화하기 때문에 흔히 알고 있는 무통 주사 대신 여러 가지 방법으로 감통을 도와준다. 질내벽 보호하고, 회음부 열상을 방지하고, 아기가 자리 잡도록 도와주는 회음부 마사지를 해주셨다. 허리가 아플 때는 따뜻한 돌로 통증을 줄여주는 스톤 마사지도 받았다. 아기가 태어나자마자 모유를 먹을 수 있도록 유선을 뚫어주는 유방 마사지도 받았다. 회음부, 어깨, 코 옆에 향기나는 아로마 오일을 발라 안정감을 느끼게 해주시기도 했다.

진통이 심해질 때 남편과 함께 따뜻한 물이 담긴 욕조에서 반신욕을 하기도 했다. 중간중간 음식 섭취도 가능하고 졸리면 잠을 잘 수도 있었다. 담당 의사 선생님은 몇 번씩 오셔서 상태를 확인해 주시고 응원을 보내주셨다. 조산사 선생님이 힘주기 연습도 하게 해주셨다. 아이를 만나는 시간이 다가오고 있었다. 자궁문이 많이 열리고 담당 의사 선생님이 오셨다. 나는 그토록 앉고 싶었던 분만 의자에 앉게 되었다.

그렇게 병원에 도착하고 10시간 만에 "응애~." 우는 로운이를 만났다.

소위 말하는 출산의 3대 굴욕(관장, 제모, 회음부 절개) 없이 첫 번째 출산을 경험하게 되었다. '무통 천국'이라 불리는 무통 주사도 없이 말이다. 자궁문이 잘 안 열려 시간과 힘이 많이 들었지만 건강하게 출산했다. 내가 겪은 만큼의 시간을 똑같이 뱃속에서 보내며 함께 잘 견디고 무사히 태어나 준 로운이에게 고마웠다.

힘주기를 할 때 얼굴로 힘이 들어가 눈과 뺨에 실핏줄이 터지고, 끝내 코피까지 터졌다. 그렇게 엉망인 얼굴로 로운이를 처음 가슴에 안았다. 누군가는 그 순간 감동의 눈물을 흘리고 엄청난 모성이 샘솟는다고 하던데 솔직히 나는 그렇지 않았다. 그저 '와, 사람이네? 따뜻하다.' 이 정도의 생각뿐이었다. 의료진분들이 아이에게 한마디 해주라고 하는데 태어나느라 고생했다는 말 밖에 생각이 안 났다. 그저 신기하고 후련했다.

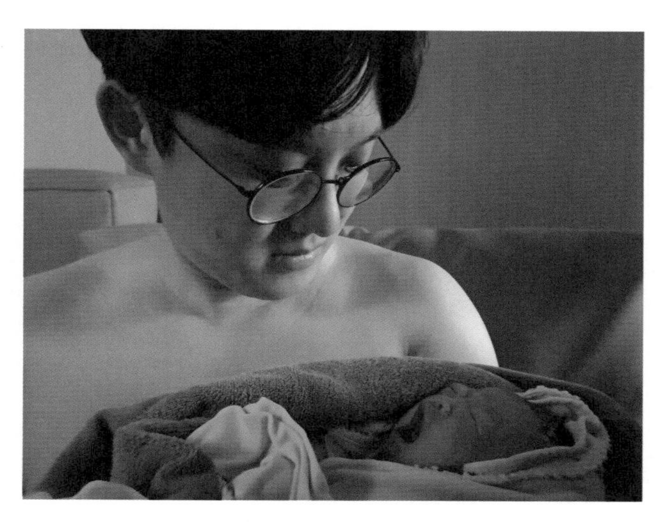

로운이 탄생 직후 아빠에게 안겨 있는 모습

오늘의 이로운 육아일기

2021년 12월 22일

제대 탈락! 열매야, 배꼽 떨어진 거 축하해! 앞으로 스스로 할 수 있는 것들이 더 많아질 너를 응원해!

2021년 12월 29일

출생신고를 했다. '열매'는 '로운'이가 되었다. 세상에 꼭 필요한, 이로운 사람이 되기를…!

용감했던 모유 수유 도전기

내게 몇 가지 인생철학 같은 것들이 있다면 그중의 하나가 '지금만 해볼 수 있는 것은 다 해보며 살자!'이다. 지금밖에 할 수 없는 것 중에 모유 수유도 포함되어 있지 않겠는가? 그러니 당연히 '모유 수유? 해야지! 그까짓 거 6개월 정도는 해볼 수 있지 않을까?'라고 용감하게 생각했다.

병원에서 출산한 지 하루, 이틀밖에 되지 않은 산모들을 불러 모아 모유 수유 강의를 해주셨다. 나는 열정 가득 모범생이 되었다. 열심히 경청하고 실천했다. 모유 수유 교육 중에 아기들을 직접 안고 모유를 먹인다. 작은 입으로 열심히 먹어보려 애쓰는 로운이가 참 귀여웠다. 조리원에 가서도 나의 낮잠을 포기하고 열심히 수유콜(아기가 먹을 때가 되면 엄마에게 전화로 직접 모유 수유를 하겠냐고 의사를 물어보는 것)을 받으며 아이에게 직접 젖을 물렸다. 모유 수유를 향한 나의 열정은 뜨거웠다. 하지만 나의 유방 환경은 모유 수유에 꽤 어려움이 있었다. 한쪽 유두 길이가 짧았고, 모유량도 넉넉지 않았다. 유두 길이를 늘여보고자 유두보호기를 구매해 사용해 보기도 하고, 모유량을 늘려준다는 차도 먹어보고, 시간 맞춰 유축을 해서 모유량을 늘려보려고 하고, 이런저런 모유 수유 도구들을 사보며 애를 썼다.

유튜브에 폭풍 검색을 하며 여기저기 찾아보고, 육아서적을 펼쳐보며 모유 수유 공부를 했다. 전문가들은 아이가 직접 젖을 물어야 엄마의 모유량이 늘어난다고 했다. 그래서 조리원에서 나와서 집에서도 계속 직접 수유를 시도했다. 신생아 로운이는 젖을 빨다가 자꾸 졸았다. 아기의 입장에서도 젖병은 힘들이지 않고 콸콸 우유가 나오는데, 엄마의 가슴은 본인이 열심히 힘주어 먹어야 해서 더 힘들다고 한다. 그래서 젖을 빨아 먹다가 힘들어 졸음이 온다고 한다. 그러면 나는 또 아이를 깨워가며 젖을 물렸다. 수유 자세도 여러 가지로 시도해 보았다. 몇 분을 먹는지 시간도 체크해 가며 젖을 물렸다. 모유 수유를 하면서 젖 먹는 아이를 바라보니 목과 어깨 근육도 너무 아팠다. 아이도 어떤 때는 잘 먹었지만, 어떤 때는 자지러지게 땀을 흘리며 울기도 했다. 도무지 어떻게 해야 할지 몰라 맘카페에 완모하신 분들을 찾아 질문하기도 했다. 인제 와서 그 시절을 돌아보면 너무 힘이 들었다. 아이도 나도.

그럼에도 나는 모유 수유에 참 진심이었다. 한 번은 친구의 결혼식이 있어 길게 외출해야 했다. 그 사이에 직수를 하든, 유축을 하든 젖을 빼내야 했다. 그렇게 하지 않으면 유선염이 오기 때문이다. 로운이가 아직 너무 어려 장거리 외출하기엔 어렵겠다고 판단하고 나만 다녀오기로 했다. 그 외출을 위해 휴대용 유축기를 구매했다. 결혼식이 끝나고 화장실에서 휴대용 유축기로 젖을 빼내었다. 같이 있던 친구에게 상황을 설명하고 화장실에 들어가기 전

헤어지는 인사를 했던 기억이 난다. 모유 수유를 향한 나의 열정이 느껴지는가?

결국, 로운이가 생후 100일 정도 지났을 때 온 가족이 코로나에 걸리면서 유선염이 왔다. 코로나에 걸렸는데도 모유 수유를 해야 하니 약을 제대로 먹을 수 없었다. 타이레놀만 먹을 수 있어서 그 몇 알로 바이러스를 견디는 게 너무 힘들었다. 남편과 로운이는 필요한 약을 먹으며 아주 힘들지 않게 코로나를 이겨냈다. 하지만 나는 모유 수유 때문에 약도 못 먹고 고열에 시달리며 제일 고생했다. 그러고는 가슴이 딴딴하게 굳고 아파졌다. 코로나 감염과 관련이 있는지 모르겠지만 그때 유선염이 왔다. 유선염 치료를 위해 가슴 마사지를 받으며 수유 상담을 받고 단유를 결정했다. 결정하면서도 '이게 맞을까? 모유를 먹어야 아이가 더 건강하지 않을까?' 고민했다. 지금 돌이켜보니 그렇게 힘든 상황이었는데도 단유를 쉽게 결정하지 못했던 내가 참 기특하다.

하지만 단유할 때의 섭섭한 마음은 자유로워진 가슴과 식단이 주는 행복보다 크지는 않았다. 시간마다 젖을 빼내지 않아도 되니 외출도 더 자유로워졌다. 먹고 싶은 것들도 마음껏 먹을 수 있었다. 아프면 적절한 약을 먹을 수 있게 되었다. 젖을 물고 조는 아이를 깨워가며 먹이는 수고를 덜었다. 젖병에 원하는 만큼의 분유를 타서 아이가 얼마큼을 먹는지 정확히 알 수 있으니 좋았다.

왜 아무도 나에게 모유 수유의 어려움을 말해주지 않았는가! 몰라서 용감했던 모유 수유 도전기를 마무리하며 혹시 둘째를 낳는다면 나도 조리원에서 단유하겠노라고 다짐해 본다.

오늘의 이로운 육아일기

2021년 12월 30일

조리원에서 퇴소했다. 하루도 안 됐는데 왜 벌써 고단하지? 로운이가 한 시간마다 배고프다고 울어서 정말 쉴 틈이 하나도 없다. 조리원 짐, 택배 온 것들 정리하는 데 반나절이 걸린 듯하다. 오늘 밤은 첫 새벽 수유가 시작되겠군. 나 진짜 잠 많은데… 그런 내가 과연 어떻게 해낼까? 정말 기대된다.

산후관리사님이 오시면 방전되는 엄마

결혼 전에 친정엄마에게 이런 질문을 했던 적이 있다. "엄마, 내가 이렇게 잠이 많은데 나중에 애 낳으면 새벽에 아기 울음소리 듣고 일어날 수 있을까? 나 잠귀 진짜 어두운데 어떻게 하지?" 그랬더니 우리 엄마가 대답하기를. "너 새끼 낳으면 다 돼."

그 말이 딱 맞았다. 꿈같던 조리원 생활이 끝나고 본격 실전 육아에 돌입했다. 그것은 새벽 수유가 시작된다는 말이다. 교회 수련회에 가면 맨날 알람 소리를 못 듣고 같은 방 친구들에게 민폐를 주기로 유명한 나였다. 그런 내가 "애앵~." 아이의 작은 울음소리에 눈이 번쩍 떠졌다. 심지어 한 시간에 한 번씩 아이가 깬다. 이 한 시간 안에 수유 시간, 기저귀 가는 시간이 포함이다. 결국, 아이를 먹이고 30~40분 만에 또 깨는 일을 반복해야 하는 것이었다. 그런데 잠 많은 나에게 이 일이 가능하다니! 이것은 놀라운 본능이자 모성이다. 나도 스스로 놀라움을 금치 못했다. 하지만 그렇게 새벽을 지내면 아침엔 정말 사람 꼴이 아니었다.

아침 9시가 되면 산후도우미 이모님이 집으로 오셨다. 산후도우미 서비스는 정말 가뭄에 내리는 단비 같다. 정부에서 소득 기준에 따라 차등하여 산후도우미 비용을 지원해 준다. 평일 기준으로 가장 길게는 15일(3주)을 지원받을 수 있다. 자부담이 있기는 하지만 그래도 최대로 3주를 신청한 것이 아주 완벽히 다행이었다. 쪽잠으로 밤을 설치고 다크서클은 턱 밑까지 내려왔지만 웃는 얼굴로 산후도우미 이모님께 인사를 드리는 나는 방전 직전이었다. 이모님께 아이를 맡기고 그대로 방전되어 오전 내내 잠만 잤다.

미치도록 잠만 자고 싶은 나의 본능을 이겨내며, 뜬눈으로 새벽을 지새우며 나는 엄마가 되어가고 있었다.

언제까지 ing??
수면 교육의 시작

잠 많은 내가 살기 위해 제일 관심을 가진 것은 수면 교육이었다. 아이가 잘 자야 내가 잘 수 있을 것 같은 기대감 혹은 생존감 때문인 것 같다. 아무래도 산후도우미 이모님이 계실 땐 일과를 내가 온전히 제어할 수 없으니 이모님이 떠나신 뒤 본격적으로 수면 교육에 들어갔다.

열심히 책과 인터넷을 뒤지며 공부했다. 아이에게 낮과 밤을 알려주어야 한다고 했다. 낮에는 전등을 다 켜고 집을 환하게 해서 낮이라는 것을 알게 했다. 저녁에는 은은

한 식탁 등만 켜서 집을 어둡게 하고 밤이라는 것을 인식시켜 주었다. 백색소음이 아이의 깊은 수면에 도움을 준다고 해서 유튜브에서 온갖 백색소음 영상을 찾았다. 검은색 화면에 아이들이 잘 잠든다는 영상을 찾아 들려주었다. 공갈 젖꼭지는 나중에 떼는 게 힘들까 봐 안 쓰고 있었는데 잘 때 도움이 된다고 해서 물려주기 시작했다. 잠들기 전에 일정한 순서로 일과를 운영해 이제 자는 시간이라는 것을 알려주는 수면 패턴이 필요하다고 했다. 목욕–로션 바르기–잠옷으로 갈아입기–자장가 순서로 수면 패턴을 만들었다.

수면 교육을 시작하고 곧바로 생후 40일 된 로운이가 밤잠을 5시간 26분이나 자기 시작했다. 그때 나는 수면 교육에 성공한 줄 알았다. 생후 64일에 밤중 수유 없이 7시간 57분이나 자기 시작했을 때도 이렇게 수면 교육이 완성되어 가는 줄 알았다.

하지만 그 후로 수많은 돌부리가 기다리고 있었다. 아이는 자다가 공갈 젖꼭지가 입에서 빠지면 잠에서 깨어나 울었다. 우는 아이에게 다시 공갈 젖꼭지를 물려주는 셔틀을 해야 할 때도 있었다. 좁은 아기 침대에서 잘 자던 아이가 무럭무럭 커서 아기 침대를 졸업해야 하는 시기도 있었다. 넓은 범퍼 침대로 잠자리를 옮겨야 하는 것이었다. 신생아 때는 용쓰기를 하느냐 잘 못 자서 양 끝에 무거운 좁쌀이 들어 있는 이불을 사용했었다. 이불로 몸을 눌러주어 용쓰기를 해도 잘 잘 수 있도록 도와주는 것이다. 그런데 점점 힘이 세져서 좁쌀 이불을 덮은 채로 자는 자세를 바꾸기 시작했다. 좁쌀 이불도 졸업해야 하는 시기가 온 것이다. 새벽에 배고파서 깨는 아이에게 젖을 먹이면 잘 자는데 그 밤중 수유도 끊어야 하는 때가 온다. 한동안은 어떤 방법도 통하지 않고 안아줘야만 자는 때도 있었다. 아이가 성장하면서 낮잠 횟수가 바뀌는데 그때마다 일과를 조절해야 하는 어려움도 있었다.

아이가 커가면서 수면 패턴이 생기는데 처음엔 그런 게 있는지도 몰랐다. 『똑게육아』라는 책에 개월 수별로 적절한 낮잠 횟수, 시간 등이 정리된 것을 보고 참고하니 도움이 되었다. 어떤 시기에는 낮잠을 정말 짧게만 자기도 한다. 그럴 때는 낮잠 연장을 해주려고 아이가 잘 때 옆에 같이 누워 대기하기도 했었다. 아이가 앉을 수 있게 되면 잠결에 갑자기 앉고서는 잠에서 깨서 울기도 하고(앉기 지옥이라고 한다.) 잡고 일어서기 시작하면 서기 지옥도 찾아온다. 공갈 젖꼭지도 한없이 쓸 수 없으니 끊어야 하는 시기가 온다.

수면 교육은 한 번 하면 되는 건 줄 알았는데 전혀 아니었다. 아이가 자라면서 때마다 발달 상황에 맞춰 계속 진행해야 하는 것이었다. 그럴 때마다 나는 수면 교육에 실패했다고 좌절하다가 또 내가 살기 위해 다시 교육하고를 반복했다.

최근 수면 교육 이야기를 해보자면 아이가 자는 방과 부모가 자는 방을 다르게 하는 분리 수면을 하기는 했다. 하지만 아이가 잠들 때까지 아이 침대에서 같이 누워 있다가 나오는 형식이었다. 처음에는 옆에 같이 누워서 자는 척하면 로운이도 금방 잠들었었다. 하지만 불행히도 점점 잠들기까지의 시간이 길어졌다. 길게는 한 시간이 걸린 적도 있다. 한 시간 동안 옆에 누워있는 내 몸 위에 올라타서 놀고, 내가 자는 척을 하면 일어나라고 머리카락을 잡아당기기도 했다. 아이를 재우려고 했는데 결국 나도 잠이 들어버려 육아 퇴근 후 자유 시간이 없어져 억울한 날이 많아졌다. 아이가 잠들면 하려고 했던 설거지를 하지 못하고 결국 새벽에 깨서 밀린 설거지를 했다. 그게 그렇게 서럽고 짜증이 났다.

그래서 20개월이 된 지금은 독립 수면을 하고 있다. 로운이보다 어린 교회 동생이 독립 수면을 하고 있다는 이야기를 듣고 도전하게 되었다. 로운이는 18개월부터 독립 수면을 시작했다. 잘 시간이 되면 아이를 아이 방 침대에 눕히고 "잘 자~. 안녕~." 인사하고 나오는 것이다. 이전처럼 잘 때까지 옆에서 기다리지 않고 혼자 잠들도록 하는 것이다. 로운이를 혼자 침대에 눕히면 엄청나게 울 것이라 예상했지만 의외로 5분 이상 울지 않고 금방 잠들었다. 그러더니 3일 만에 울지 않고 스스로 잠들기 시작했다! 다행히 지금까지 성공적으로 진행되고 있고 육아 퇴근 시간이 빨라져서 아주 만족하고 있다. 이 평화가 언제까지 지속될지, 어떤 돌부리가 언제 튀어나올지는 모르지만 말이다.

Part 2

유치원 교사맘은 아이랑 어떻게 놀까?

장난감 쇼핑 중독

아이를 재우고 나면 찾아오는 꿀 같은 육아 퇴근 시간! 그런데 나는 아이를 재우고도 육아에서 벗어나지 못하고 있었다. 마치 퇴근 이후에도 일 생각을 멈추지 못하는, 일과 삶이 분리되지 못한 직장인처럼 말이다. 이것이 육아 퇴근이 맞는가 싶지만 왜 이렇게 사고 싶은 장난감이 많은지… 멈출 수가 없었다. 스마트폰으로 여기저기 장난감 검색을 하고, 맘카페에 시기별 잘 노는 장난감을 찾아보았다. '이래서 애 키우는 데 돈이 많이 들어간다고 하는구나.'

하며 온갖 장난감들을 장바구니에 담았다. 쏘서를 사들이고, 졸리 점퍼를 대여하고, 입에 들어가는 온갖 치발기를 샀다. 국민템이라는 장난감들을 보면 많이들 사는 데는 이유가 있겠다고 여기며 당연하게 소유해야 한다고 여겼다.

아마도 나의 육아 노동이 조금 더 수월해지기를 바라는 마음에 그랬던 것 같다. 아이가 잘(=오랫동안) 가지고 노는 장난감이 있으면 그만큼 내가 편해질 것이라는 희망으로 열정적인 쇼핑을 한 것이다.

어떤 장난감을 살까?

무분별하게 장난감을 사들이던 시기를 지나 나에게 차츰차츰 어떤 기준이 생겨났다. 아니 정확히는 이미 유아교육을 전공하며 배워 알고 있던, 정신없는 육아 일상을 살며 잊고 있던, 좋은 놀잇감의 기준이 떠올랐다.

첫째, 안전한 놀잇감이어야 한다. 특히 뭐든지 입에 넣어 탐색하는 구강기 아이들에게는 더욱 중요한 요소이다. KC 마크를 취득한 것인지 확인했다. 그리고 원목 장난감에 관심이 가기 시작했다. 로운이가 구멍에 무언가 꽂으며 노는 것을 좋아하던 때가 있었다. 그때 숲소리의 두더지 가족 찾기 장난감을 사주었다. 원목으로 만든 것이라 입으로 빨아도 문제없으니 마음껏 놀 수 있게 두었다. 역할 놀이의 기본인 주방 놀이 싱크대는 저렴한 이케아 제품을 골랐다. 디자인이 깔끔하고 원목인 점, 저렴한 점이 마음에 들었다. 과일 자르기 장난감도 한 번 사면 오래 놀 수 있을 것 같아 구매하려고 찾아봤더니 대부분 플라스틱에 찍찍이(벨크로)가 붙어 있는 제품이 많았다. 원목에 자석으로 떼었다 붙였다 할 수 있으면서 자석이 외부로 노출되지 않는 제품을 사고 싶었다. 끈기 있게 검색했고 결국 찾아내었다! 우디푸디 제품이었다. 그렇게 주방 놀이 음식을 채웠다. 스틱오 블록도 자석 블록인데 자석이 외부로 노출되지 않아 안전하게 사용할 수 있어 구매했다.

둘째, 개방적이고 비구조적인 놀잇감이 좋다. 정해진 방법으로만 놀이할 수 있는 장난감을 폐쇄적, 구조적이라고 한다. 개방적이고 비구조적이라고 하면 그 반대이다.

다양한 방법으로 놀이할 수 있는 것을 말한다. 예를 들어 신문지는 접어서, 찢어서, 구겨서, 던지며, 색칠하며, 물에 불려서 등등 다양한 방법으로 놀이할 수 있는 개방적이고 비구조적인 놀잇감이다. 장난감 중에서도 나무 블록, 인형, 자석 블록 등을 개방적이고 비구조적이라고 생각하고 골랐다. 숲소리의 영유아 블록은 여러 결과 색의 나무로 만들어져 꺼낼 때부터 피톤치드 향기가 뿜어진다. 몇 개의 블록은 흔들면 소리가 나서 소리와 관련된 놀이도 할 수 있다. 쌓기, 무너뜨리기, 역할 놀이, 블록 상자를 활용해 퍼즐처럼 정리하기도 가능하다. 상자 뚜껑이 여러 모양으로 뚫려 있어서 모양 맞추기 놀이로 활용할 수도 있다. 여러 가지 블록도 비구조적인 놀잇감이다. 블록은 놀이하다가 무너지면서 아이들의 신체에 떨어질 수 있다. 그러므로 어린 나이에는 부드러운 소재의 블록이 적당하다. 마침 아파트 단체 대화방에서 누가 소프트 블록을 나눔 하길래 냉큼 받아왔다. 아직은 끼우고 부수는 정도이지만 더 크면 창의력을 발휘하여 다양한 놀이를 해나갈 것이라고 기대한다.

숲소리 두더지 장난감, 우디푸디 과일 자르기 장난감

숲소리 영유아 블록

결국 안전하고, 개방적이고, 비구조적인 놀잇감이 활용도가 다양해서 연령에 크게 구애받지 않고 놀 수 있다. 그러니 오래 가지고 놀 수 있는 가성비 좋은 장난감이 되기도 한다. 혹시나 궁금해하실 분들을 위해 제품명을 솔직하게 기록하였다. 참고로 나의 글에 나오는 모든 제품은 모두 직접 구매한 상품들이다.

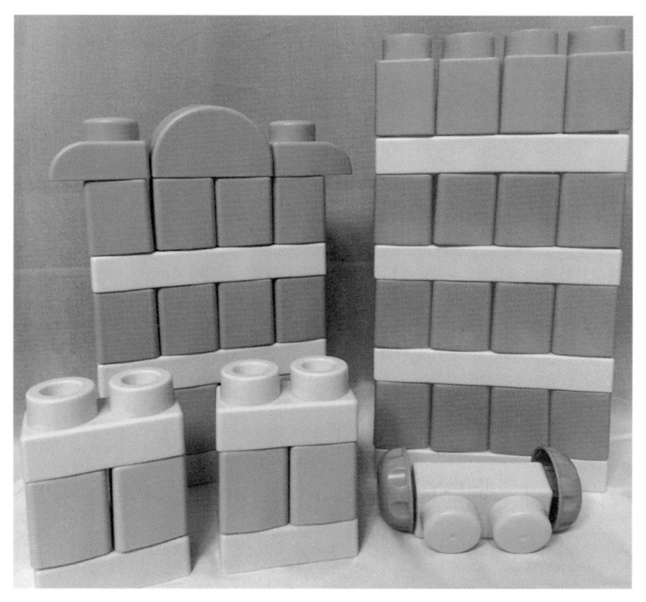

나눔 받은 소프트 블록

아이 놀이 방해 금지 모드

스마트폰에 '방해 금지 모드'를 설정하면 핸드폰이 켜져 있지만 메시지나 전화 등의 알림이 울리지 않는다. 내가 어떤 중요한 일에 집중하고 싶으니, 스마트폰의 각종 알림으로부터 방해받지 않도록 설정할 수 있는 모드이다. 놀이하는 아이와 그 옆에서 함께 놀아주고 있는 나의 모습을 보다 보니 문득 아이에게도 방해금지 모드가 필요하다는 생각이 들었다. 나는 아이의 놀이가 더 즐거워지기를 바라며 나름대로 이렇게 저렇게 상호작용했다. "로운아 이건

뭐야? 우와! 이것도 해볼까?" 하며 아이의 놀이를 더 풍성하고 재미있게 확장해주고 싶었다. 그런데 아이는 내 의도대로 놀지 않았다.

그때 내가 아이의 놀이를 방해하고 있는 것 같다는 생각이 들었다. 유아 중심 놀이를 위한 교사의 역할이 떠올랐다. 아이들이 주체적으로 놀면서 놀이가 심화 · 확장되기 위해서는 교사의 적절한 지원이 필요하다. 그리고 그 지원이 가능하기 위해서는 교사의 관찰이 필수이다.

생후 6개월 된 아이에게도 관찰이 필요하다. 바로, 아이가 몰입하여 놀고 있을 때이다. 스스로 짜증 없이 잘 놀이하고 있는 로운이에게 굳이 특별한 상호작용을 하지 않았다. 로운이가 무엇을 가지고, 어떻게 놀이하는지 관찰하기 시작했다. 혼자 잘 놀고 있으니 방관하는 것이 아니다. 아이의 놀이를 눈으로 따라가는 것이다. 아이가 몰입하며 놀다가 나와 눈을 마주치면 격려의 미소를 보내주었다.

놀이하다가 문제가 생기거나 지루해져 칭얼거리면 그때

적절히 도움을 주었다. 블록을 끼우고 싶은데 잘 안되어서 좌절하는 경우라면 "노란색 블록이랑 주황색 블록을 끼우고 싶었는데 잘 안됐구나. 엄마가 도와줄까?"라고 말하며 직접 문제를 해결해 주기도 했다. 몰입이 끝나고 지루해져서 칭얼거릴 때는 새로운 요소를 첨가해서 놀이를 지속하도록 돕거나 다른 놀이로 환기를 시켜주기도 했다.

꾸준히 의도를 가지고 아이의 놀이에 개입을 줄였더니 놀랍게도 아이가 혼자 몰입하여 노는 시간이 길어졌다. 아이는 본인이 선택하고 만들어 가는 놀이를 방해받지 않고 싶었던 것이었다. 20개월이 넘은 최근에는 인형 2개를 가지고 옹알거리며 혼자 역할 놀이를 하기도 하고, 애착 인형 사랑이를 아기처럼 안아주고 뽀뽀해 주며 놀기도 한다. 노래가 나오는 장난감의 버튼을 눌러 좋아하는 동요를 틀어 놓고 손뼉 치고 춤을 추기도 한다. 스스로 놀잇감을 골라와서 놀고 어떤 때는 나의 손을 붙잡고 같이 놀자고 표현하기도 한다. 그러면 나는 아주 흔쾌하게 로운이의 리드에 따라간다.

네가 웃으면
나도 좋아

내 아이가 웃는 모습을 처음 본 건 언제일까? 어떤 사람은 태중에 있는 아이를 입체 초음파로 볼 때일 수도 있고, 어떤 사람은 생후 30일 때일 수도 있고, 저마다 다 다를 것이다. 나의 경우는 생후 5일째 되던 날 조리원에서 모자 동실 시간에 배냇짓 하던 로운이를 보았다. 실제 감정과 상관없이 그저 근육의 움직임으로, 마치 웃는 것처럼 보이는 현상임을 알면서도 그 잠깐의 얼굴이 정말 웃는 것만 같았다. 그래서 자꾸 생각이 난다. 점점 아이가 커가면서 진짜

로 웃는 순간들도 자주 생겨났다. 진정한 아이의 웃는 얼굴이 얼마나 좋은지, 얼마나 보고 싶은지 모른다.

어떻게 하면 아이를 웃길 수 있을까 고민했다. 진심으로 아이와 놀아주다 보면 아이가 자꾸 웃는 것 같았다. 로운이가 100일 때쯤 손수건 한 장으로 놀이를 했다. 손수건을 머리에 써보기도 하고, 바람을 일으켜 보기도 하고, 얼굴을 쓱 훑기도 하며 놀았다. 손수건 놀이가 재밌었는지 로운이가 즐거운 미소를 보여주었다.

아이가 웃을 때마다 나도 같이 웃게 되는 행복한 마법이 참 좋았다. 그래서 자꾸만 로운이를 웃기고 싶어졌다.

집중해서 로운이와 놀고 웃기기에 성공하면 얼마나 뿌듯한지! 공룡 소리도 내보고, 오리 흉내도 내보고, 이것저것 시도하다 보면 웃음 포인트를 찾아낼 수 있었다. 아! 특히 방귀 소리는 치명적이었다. 지금도 아주 즐거워하는 소리이다. 온갖 의성어, 의태어, 얼굴 근육을 활용한 다채로운 표정으로 아이와 놀았다. 그러면 아이는 즐거워하고 웃는다. 그 웃음이 나에게 스며든다. 그럼 또 내가 웃는 얼굴로 아이에게 말한다. 그럼 또다시 아이가 나를 따라 웃는다. 참 아름다운 선순환이다.

로운이를 데리고 다니다 보면 아이가 참 잘 웃는다는 말을 종종 듣는다. 우리 교회의 한 권사님은 로운이는 미소가 은사라고 말해주시기도 했다. 20개월이 된 지금은 어른들끼리 이야기하며 웃으면 무슨 말인지 다 이해하지 못할 텐데 로운이도 깔깔깔 따라 웃는다.

웃음에는 전염력이 있는 것 같다. 로운이의 웃음이 나에게 물드는 것처럼 로운이가 만나는 많은 사람에게 미소를 전해주길 소망해 본다.

손뼉 소리에 웃는 로운

'뿌웅' 소리에 웃는 로운

베개가 폭신해서 웃는 로운

목욕 중에 웃는 로운

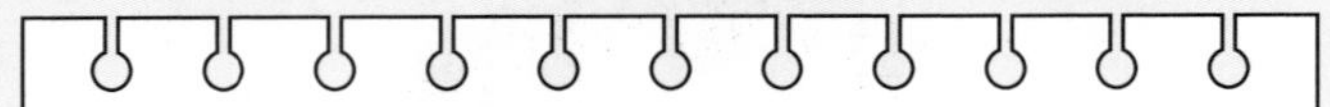

2022년 10월 10일

오늘은 로운이의 300일이었다. 300일 동안 몸과 마음이 늘어나느라 고생 많았어! 로운아. 특별할 거 없이 지낸 오늘이지만 날마다 소소히 함께하는 게 엄마는 늘 특별히 행복해! 앞으로도 매일매일 함께 잘살아 보자! 어쨌든 너랑 함께하는 시간은 참 보람되고 귀여워. 300일 축하해. 이로운!

강아지와 함께 사는 아이의 운명

우리 집에는 2016년생 남자 장모 닥스훈트 강아지가 있다. 이름은 '온유'이다. 친정에서 함께 키우던 강아지인데 내가 결혼하며 2020년 겨울부터 우리 집에서 함께 살게 되었다. 온유는 2021년 겨울에 또 다른 반려인 로운이를 만나게 되었다.

온유와 로운이의 첫 만남이 생생하다. 너무 궁금했던 그 순간이었다. 온유가 신생아 로운이의 냄새를 맡으며 신기해할 것 같다는 우리 부부의 희망 회로와는 아주 정반대였다. 조리원에서 나온 생후 16일 된 로운이에게 온유는 아주 큰 목소리로, 우렁차게 짖었다. 로운이가 태중에 있을 때 온유에게 아이의 존재에 대해 잘 이야기해 주었다고 생각했었다. 잘 못 한 건지, 소용이 없는 건지, 그나마라도 해서 이 정도인 건지 모르겠다. 마치 형체는 보이지 않고 낯선 냄새만 풍기는 두려운 문밖의 외부인을 만난 것처럼 강한 경계와 긴장으로 온유는 로운이를 만났다.

그래도 다행히 다음날부터 짖지는 않았다. 하지만 우리 부부는 늘 주의하며 아이와 강아지를 함께 키웠다. 강아지가 부부 침대에서 같이 자고 있었기에 아기 침대를 부부 침대와 떨어뜨려 놓았다. 보통 새벽 수유의 편의를 위해 부부 침대와 아기 침대를 가까이에 붙여놓는다. 하지만 우리의 경우 강아지가 아기 침대 쪽으로 넘어가 사고가 날 수 있다고 생각했다. 그래서 아기 침대를 부부 침대와 떨어뜨려 벽 쪽으로 붙여놓았다. 잘 때뿐만 아니라 평소에도 만일의 사고를 예방하기 위해 절대 성인이 없이 아기와 강아지만 두는 일은 만들지 않았다. 그렇게 지내다 보니 점점 온유도 로운이의 존재에 적응하고 점차 가족으로 받아들이기 시작했다.

하지만 아이와 강아지를 함께 키우는 일은 절대 쉽지 않았다. 온유는 사람과의 스킨십을 좋아하는 강아지다. 내가 로운이를 안고 있으면 자기는 내 무릎에 앉혀 달라고 찡찡거렸다. 닥스훈트 특유의 찡찡거리는 소리가 있는데 그 소리를 내며 나에게 무릎을 요구할 때는 정말 애 둘을 키우는 느낌이 들었다.

집안에 강아지 털이 많은 것도 강아지와 함께 사는 아이의 운명 중의 하나다. 아무리 청소해도 실시간으로 흩날리는 털들을 통제할 수 없다. 신생아 시기를 지나 손 싸개를 벗겨놓으니 꽉 쥐고 있던 로운이의 주먹에서 개털이 한 움큼 나올 때도 있었다. 뭐 어쩌겠나. 깔끔하지도 않은 내가 더 부지런해지고 청소하는 수밖에.

또 매일 산책하는 것도 강아지와 함께 사는 아이의 운명이다. 생후 50일쯤부터 로운이를 유아차에 태워 방한 커버를 씌우고 추운 공원을 온유와 함께 산책했다. 사실 나는 그전부터 온유랑 산책이 너무 하고 싶어서 온몸이 간지러웠다. 산후풍 등등의 이유로 출산 후에 바로 외출할 수 없으니 속상했다. 그 기간 남동생 준우가 우리 집에 상주하며 온유 산책을 도맡아 줬었다. 그리고 처음으로 로운, 온유와 함께 산책하던 감격도 잊을 수가 없다. 토끼 귀가 달린 뽀글이 우주복을 입은 그저 귀여운 로운이와 마냥 신나던 온유. 행복이 별것 아녔다.

강아지와 함께 살며 매일 같이 산책하다 보니 로운이는 저절로 자연을 사랑하는 아이로 자라고 있었다. 동네 강아지들에게 간식을 나눠주고, 나무와 꽃들에 손 흔들며 인사하고, 모두 다른 모양으로 생긴 돌멩이들을 좋아하는 아이가 되었다. 나는 그렇게 자라나고 있는 로운이가 참 예쁘다. 가끔 흙을 먹고, 자주 옷과 신발을 빨아주어야 하지만 단점은 그뿐이다.

온유와 로운이의 첫 산책

한여름의 산책

오늘의 이로운 육아일기

2022년 3월 1일

신희(여동생)랑 로운이랑 백화점에 갔다. 그런데 백화점에서 똥 파티가 열렸다. 로운이 기저귀에서 똥이 다 새고 옷 안에 범벅된 것이다. 도저히 옷을 다시 입을 수 없었다. 그런데 준비해온 여벌이 없었다. 아이랑 외출할 때 여벌의 옷이 필요하다는 것을 깨달았다. 오늘은 덕분에 새 옷을 장만했다.

하루 한 번 산책하며 성장하는 아이

처음 산책을 다니던 시절에는 아이가 유아차에서 너무 잘 잤다. 그래서 오히려 산책하러 다니면 더 편했다. 산책 중에 유아차에서 잠들어 집으로 돌아와도 늘 30분은 더 자는 로운이었다. 덕분에 산책 후 커피 한 잔의 여유를 누리던 시절이 있었다.

그러던 로운이가 조금 더 크니 유아차에서 잠을 자지 않고 버틸 수 있게 되었다. 어김없이 공원 산책을 하고 있었다. 유아차에서 잘 자던 로운이가 갑자기 잠에서 깨서는 나와 눈을 마주쳤다. 그 순간의 당혹감이 아직도 생생하다. 처음에는 엄청 당황스러웠던 것이 사실이었다. 하지만 이내 로운이가 잠들지 않고 산책을 즐길 수 있을 만큼 성장한 것이 기뻐졌다. 그 시절에는 주변 경치를 보며 "노란 개나리가 정말 아름답다, 바람이 부니 머리카락이 날리네." 등의 상호작용을 해주었다. 그러다 지루해하면 좋아하는 동요가 나오는 장난감(튤립 사운드북)을 유아차에 매달아 주고 흥겨운 동요를 들으며 산책을 즐겼다.

로운이가 기어 다닐 수 있을 즈음에는 유아차 거부가 왔었다. 어디든 마음껏 기어 다니고 싶은 시기인데 유아차 벨트에 꽁꽁 묶여 몸을 자유롭게 움직일 수 없으니 답답했던 것 같다. 그럴 때는 한 손으로 아이를 안고, 반대 손목에 강아지의 목줄을 끼우고 유아차를 밀면서 걷기 일쑤였다. 팔의 힘이 강해지고 저절로 운동이 되었다. 하지만 살은 빠지지 않는 그 힘든 시절을 버티고 나니 아이가 걸어 다니기 시작했다.

아이가 어서 걸어 다니면 좋겠다고 생각했었는데 그 시

기가 오니 산책이 더 수월해졌다. 신발도 없이 유아차를 타고 산책하던 로운이가 걸음마 신발을 신고 언제든 걸을 준비를 하고 유아차를 타게 되었다. 아장아장 뒤뚱거리며 자주 넘어지는 서툰 걸음마지만 열심히 로운이를 유아차에서 내려주고 걸어보게 했다. 마음껏 걸어 다닐 수 있는 안전한 공원에서 로운이는 걷고, 넘어지고, 씩씩해졌다.

제법 안정적인 걸음마를 하게 된 로운이는 이제 아파트 단지 놀이터도 즐기게 되었다. 놀이터에 로운이와 온유를 데리고 다니면 동네 누나들이 로운이를 귀여워해 주고 같이 놀아준다. 아직 혼자 미끄럼틀에서 내려오기가 불안해 보이는 로운이가 혼자 미끄럼틀을 타려고 한다. 그걸 그냥 두지 않고 어디선가 영웅처럼 누나가 등장한다. 그러고는 안전하게 로운이를 안고 미끄럼틀을 같이 타 준다. 온유도 사랑받기는 마찬가지다. 온유가 풀숲으로 들어가면 동네 꼬마들이 우르르 따라 들어가서 "온유가 풀을 뜯어 먹고 있어요!" 하고 걱정 어린 중계를 해준다. 어떤 아이는 "제가 목줄 잡고 산책해도 돼요?"라고 묻는다. 그러고는 온

신경을 집중하고 온 마음으로 강아지를 배려해 온유의 속도에 맞춰 같이 걸어준다. 하루 한 번의 산책에서 이런 따뜻함과 감사를 누린다. 그 속에서 로운이는 걷기도, 뛰기도, 가만히 앉아 쉬기도 한다. 그리고 많은 것을 보고, 만지고, 느끼며 성장한다.

놀이터에서 만난 누나를 껴안고 있는 로운

놀이터에서 만난 누나랑 미끄럼틀을 함께 타는 로운

육아는 템빨

나는 유치원 학급을 운영할 때도 꽤 허용적인 교사였다. 수용 수준이 높다고 표현할 수 있다. 풀어 말해 아이들이 위험하다고 느끼는 정도가 예민하지 않았다. 아이들을 관찰하며 통제를 미루고 아주 위험한 상황이 아니라면 허용하는 편이었다. "안돼! 하지 마!"라는 말을 최대한으로 하고 싶지 않았기 때문이다.

아이들에게 더 많은 기회와 탐색, 자유를 누리게 하고 싶었다. 그런 내가 내 아이를 키우니 더욱 그랬다. 그리고 그런 허용적인 태도를 유지하기 위해 안전한 환경이 필요했다.

누군가 육아는 템빨이라고 한다. 나에게는 안전한 환경을 만드는 데 필요한 템들이 그러했다.

아이가 가만히 누워 있을 때는 다소 평화로웠다. 문제는 배밀이를 시작하고 나서였다. 먼저 우리 집 환경을 묘사하자면, 거실에 소파를 두지 않고 6인용 원목 식탁을 놓고 사용 중이었다. 그 식탁 앞으로 두 칸짜리 매트를 깔아두고 지냈었는데 아이가 움직이기 시작하니 그 공간이 매우 좁게 느껴졌다.

고민이 시작되었고 남편과 힘을 모아 식탁을 들어 옮겨 보았다. 식탁을 거실에서 치우고 주방 쪽으로 옮겼다. 그렇게 하면 주방 쪽 공간이 좁을까 봐 걱정이었는데 생각보다 괜찮은 구조였다. 그러고는 과감히 매트 시공을 했다. 단점은 가격뿐이라는 매트 시공을 나름대로 거액을 들여 거실, 복도, 주방 식탁 아래까지 했다. 아이가 온 집안을 누비고 다녀도 바닥에 머리를 쿵 박을까 걱정하지 않아도 되니 행동반경에 대해 제지하는 일이 거의 없어졌다.

두 번째로 범퍼 침대에 하이 가드를 설치했다. 우리는 부부만의 안방 공간이 중요하다고 생각해서 분리 수면을 꿈꿔왔다. 성공적인 분리 수면을 위해 안전한 아이의 침실이 필요했다. 범퍼 침대, 저상형 침대, 일반 슈퍼싱글 침대 등등 아이 침대의 종류도 여러 가지가 있다. 안전과 사용기한을 중요한 기준으로 삼고 슈퍼싱글 크기의 범퍼 침대로 결정했다. 아이가 침대에서 혼자 떨어지거나 탈출하지 못하도록 범퍼 가드의 길이를 최대로 높여 제작했다. 로운이에게도 포근한 매트리스와 가죽 커버가 씌워진 하이 가드로 사면이 둘러싸인 침대 공간이 안전하다고 느껴진 것 같다. 그래서인지 스스로 앉기, 배밀이, 잡고 일어서기 등등 돌까지 여러 행동 발달이 있을 때마다 침대에서 먼저 시도하곤 했었다.

그리고 로운이가 20개월이 된 지금까지 범퍼 침대에서 아무 사고 없이 잘 자고 있다. 이제는 옷 갈아입을 때도 활용하는 공간이 되었다. 거실에 시공된 매트는 조금 시원한 재질이어서 옷을 벗고 누우면 약간 차갑게 느껴질 수 있다. 그런데 로운이 침대는 맨살로 누워도 차갑지 않고 포근해서인지 로운이도 그곳에서 옷 갈아입기 좋아했다. 사면으로 막힌 제한된 공간이니 장난치며 돌아다녀도 금방 옷을 입힐 수 있는 장점도 있다.

세 번째로 스토케 트리트랩 아기 의자를 구매했다. 이것 역시 비싼 가격과 인기 있는 색깔은 배송이 엄청나게 오래 걸린다는 단점이 있지만, 그것 빼고는 다 장점이라고 유명한 국민템이다. 사용해 보니 아이의 바른 자세를 잡아준다. 우리 집 식탁이랑 높이가 잘 맞아 아이가 어른들과 같은 눈높이에서 식사할 수 있다는 것도 장점이었다. 무엇보다 안전벨트가 튼튼하다. 처음에는 안전벨트 없이 사용했었지만 로운이가 성장하면서 아기 의자에서 자꾸만 일어나려고 했다. 그래서 안전벨트를 설치했다. 안전벨트를 단단히 채우니 의자에서 일어날 위험이 없어졌다. 식사 시간에 아이에게 일어나지 말라고, 바르게 앉으라고 잔소리할

일도 없어졌다.

네 번째로 현관에 안전문을 설치했다. 어린아이를 키우는 많은 가정에서 베이비룸을 사용한다. 아이의 안전을 위해 집 안에(대개는 거실에) 플라스틱 울타리를 설치해서 아이가 그 안에서만 생활하도록 하는 것이다. 그런데 나는 아이를 가둬두고 키우고 싶지 않았다. 그래서 매트 시공을 넓게 하고 아이가 마음껏 주어진 환경을 누비도록 했다. 그런데 아뿔싸! 이제는 신발장 앞까지 기어가서 신발을 입에 넣는 게 아닌가! (Oh My God!!!) 아이의 안전을 위해 고민 끝에 현관에만 안전문을 설치했다. 이제는 현관으로 걸어가는 로운이를 다급하게 말리며 "안 돼!"라고 외치지 않아도 된다.

환경을 안전하게 구성하면 아이를 통제하는 일이 줄어들고 엄마도 긴장이 줄어든다. 아이가 다칠까 걱정하지 않고 아이의 눈을 보고 상호작용할 수 있다. 아이와 눈을 맞추고 느끼는 그 행복을 최대한 잃고 싶지 않다. 그리고 날마다 하루를 마치며 '오늘도 잘~ 놀았다!'라고 말할 수 있기를 바란다.

혹시 누군가 궁금해할까 봐 직접 구매한 모든 제품명을 남겨본다.

- 매트시공: 띠아모
- 범퍼침대: 코지스토리
- 아기의자: 트리트랩
- 안전문: 아가드

Part 3

엄마도 그림책을 좋아해

그림책이
왜 좋은데?

나는 그림책을 좋아한다. 유아교육을 전공하면서 더 좋아하게 되었다. 왜냐하면, 책이 짧아서이다! 정확히 말하면 짧은 글에 많은 의미와 아름다움을 담고 있기 때문이다. 엄청 문학적이라는 것이다. 어른들이 책을 읽으며 어휘를 넓히고, 상상력을 발휘하고, 자신의 인생을 반성하듯 아이들도 그림책을 보며 그런 경험을 한다.

그림책에는 다양한 어휘가 사용된다. 어떤 아이들은 고

작 몇 권의 책을 수없이 반복하여 읽다가 한글을 깨치기도 한다. 놀이터에서 우연히 6~7살 정도의 여자아이가 "정말 날아갈 것 같은 기분이야!"라고 하는 말을 들었었다. 그림책에 나올 법한 대사였다. 그 아이는 어떤 그림책을 통해 그 문장을 읽고 들었을 것이다. 그리고 그 문학적 표현의 아름다움이 머리와 가슴에 남아 자신의 언어로 표현된 것이다. 이렇게 그림책을 통해 말의 아름다움을 느끼고 자연스레 배울 수 있어 참 좋다.

그리고 그림책 안에서 무엇이든 상상할 수 있다. 남녀노소 가리지 않고 열광하는 영화 〈어벤져스〉처럼 그림책 속에서도 시공간을 초월하는 일이 무궁무진하다. 동식물들이 말하고, 물건들에도 눈코입이 달려있다. 심지어 눈에 보이지 않는 세균도 볼 수 있다. 우주 속으로 여행도 갈 수 있고 바닷속, 땅속도 거뜬하다. 우리 집에서 엄마가 사라지기도 하고, 구름으로 만든 빵을 먹으면 구름처럼 하늘을 날 수 있고, 수박에서 수영도 할 수 있다. 이런 그림책을 보다 보면 자연스레 영감을 얻고 상상력과 창의력이 자라난다. 심지어 어떤 그림책은 글이 없다. '글 없는 그림책'은 정말 그림 그 자체이다. 글이 없으니 읽는 사람이 마음껏 이야기를 지어낼 수 있다. 이런 책을 읽으면 자연스레 상상하고, 어휘력을 기르고, 한 장 한 장 자세히 들여다보게 되고, 내가 만든 이야기에 뿌듯함을 느낄 수도 있고, 정답 없는 책이 주는 편안함도 느낄 수 있다. 어떤 엉뚱함도 모두 가능한 놀이터 같은 그림책이 참 좋다.

결정적으로는 그림책 속에 삶이 담겨 있어 좋다. 소설은 허구이지만 꼭 실제 있는 이야기 같아서 재밌고 감동이 된다. 아이들에게 그림책도 그러하다. 양치하기 싫은 아이의 이야기, 유치원이 두려운 이야기, 처음 만난 아이와 친구가 되는 이야기, 내 마음이 내 마음대로 되지 않는 이야기, 제각기 다른 모양과 색으로 꽃피우는 꽃씨처럼 모두 다르고 특별하게 아름답다는 이야기. 모두 그림책에 담겨 있다. 아이들의 일상생활과 관련된 그림책은 아이들이 더 흥미롭게 느끼고 몰입한다. 그리고 자연스럽게 올바른 행동과 생각을 배울 수 있다.

심지어 어떤 그림책은 어른들이 보아도 좋을 법하다. 나는 그런 책을 찾으면 꼭 어른 누군가에게 선물한다. 나의 남자친구이자 남편인 신영이에게, 귀여운 우리 아빠에게, 졸업을 앞두던 나의 대학 친구들에게. 짧은 글에 깊은 감동과 동심을 가득 담아낸 그림책은 정말이지 매력적이고 좋다!

전집을 살까?
말까?

그림책을 사랑하는 나는 내 아이에게 빨리 책을 사주고 싶었다. 어떤 책을, 언제쯤 사주면 좋을까 계속 고민했다. 결론적으로 말하자면 나는 전집을 구매했다. 로운이가 생후 5개월쯤에 이제는 책을 읽어줄 수 있을 것 같다는 생각이 들었다. 그리고 평소에 내가 좋아하던 출판사 매장에 방문해서 책을 직접 보고 결정했다. 나에게는 몇 가지 좋은 그림책의 기준이 있는데 그 기준에 합격한 책들이었기 때문이다.

첫 번째로 글과 그림이 조화로워야 한다. 아직 글을 모르는 아이들은 글의 내용을 그림으로 이해한다. 그렇기에 해당 쪽에 글과 그림이 조화로운 책이 좋은 그림책이다. 그리고 그 그림이 심미로워야 한다. 그림이 아름답고 매력적으로 느껴져야 한다는 것이다. 이 부분은 사람마다 주관적인 기준이 작용하겠지만 나는 그림체가 따뜻하고 귀여운 느낌을 좋아한다. 귀여워서 자꾸 읽어도 질리지 않고 재밌으니 말이다!

두 번째로 글밥이 적당해야 한다. 글밥이라고 하면 글의 양이라고 할 수 있다. 이건 아이의 발달 수준에 적합한 책인지의 기준이 되기도 한다. 아직 집중력이 짧은 아이들에게 글밥이 많은 책을 읽어주면 집중하기 힘들고 지루해한다.

책에 대한 전체적인 흥미도 떨어질 수 있다. 적당한 글밥에 반복되는 말들이 많아 쉽고 재밌게 읽을 수 있는 것이 좋다. 로운이 같은 영아들에게는 한 장에 한 문장만 적혀 있어도 괜찮다.

세 번째로 편견을 주는 요소가 없어야 한다. 여자아이가 공주 드레스를 입고 등장하거나, 남자와 여자가 편을 나눈다거나, 주방 일은 엄마만 하는 등의 편견적 요소가 있으면 그 책은 좋은 책이라고 생각하지 않는다. 오히려 가족 여행에서 엄마가 운전하는 모습을 담은 책, 까무잡잡한 피부의 아이가 주인공인 책, 힘이나 외모의 크기와 상관없이 친구가 된다는 책, 초록색부터 노란색까지 모두 다 같은 바나나색이라는 책 등 편견에서 자유로운 책들이 좋은 책이라고 생각한다.

이러한 기준에 합격한 전집 구매 후기는 아주 만족이다. 특별히 영아기 아이에게는 직접 만져보며 조작할 수 있는 책들이 좋은데 내가 구매한 전집에는 소리가 나오는 책, 다양한 촉감을 느껴볼 수 있는 책, 구멍으로 얼굴을 넣고 다양한 표정을 지으며 읽는 책, 어떤 부분을 열어볼 수 있는 책 등등 조작 책이 많아서 매우 흥미롭게 잘 보고 있다. 신기한 것은 책을 통해 아이의 관심사가 변하는 것을 확인할 수 있다는 것이다. 표정, 기분에 관련된 책을 자주 꺼내

볼 때가 있는가 하면, 책의 장마다 버튼이 있고 누르면 악기 소리, 동물 소리가 나는 소리 나는 책만 계속 읽을 때도 있었다.

그리고 책과 다른 놀이를 연결 짓는 모습도 발견할 수 있었다. 모양에 관한 책을 읽고 모양 퍼즐을 맞추기도 하고, 바나나가 나오는 책을 읽고 실제 바나나를 가리켜 같이 먹어보기도 했다. 전집에는 다양한 내용의 책들이 골고루 구성되어 있어서 때마다 달라지는 아이의 관심사를 발견하는 데 도움이 되었다.

더불어 단행본 책도 필요에 따라 구매하고 있다. 전집 중에서 다양한 표정, 감정에 관한 책을 좋아하길래 손으로 조작해 표정을 바꿀 수 있는 단행본 책을 구매하기도 하고, 상어가 나오는 책을 좋아해서 잠수함처럼 펼쳐지는 책을 구매하기도 하고, 그냥 내가 궁금해서 구매한 단행본 그림책들도 있다.

이렇게 우리 집에는 전집 1세트, 전집 구매할 때 사은품으로 받은 소 전집 1세트, 가끔 사는 단행본 책들 몇 권이 책장에 꽂혀 있다. 가로가 80cm 책장의 맨 아래 칸만 채워져 있으니 그리 많은 책은 아니다. 나는 오히려 너무 많은 책은 불필요하다고 생각한다. 중요한 것은 아이의 흥미와 수준에 맞는 몇 권의 책들을 엄마의 즐거운 목소리로 읽어주냐는 것이다.

똑똑똑똑 똑 똑 문 좀 열어주세요
- 그림책 읽어주는 방법

그럼, 책을 어떻게 읽어주어야 하는가? 이 질문에 누군가는 '책이야 뭐 그냥 읽으면 되는 거 아니야?'라고 생각할지 모르겠다. 하지만 나는 유치원 교사 경력을 활용해 나름대로 규칙을 가지고 책을 읽어주고 있다.

먼저 유치원에서는 아이들과 수업할 때 도입-전개-마무리의 과정으로 한 가지 활동을 진행한다. 예를 들어 동화 수업의 경우, 도입 단계에서는 책에 흥미를 불러올 수 있도록 책의 내용과 관련된 경험에 관해 이야기를 나눈다. 책의 내용과 관련된 퀴즈를 맞혀보기도 하고, 책과 연관된 노래를 부르기도 한다. 전개 단계에서는 실감 나게 책을 읽어준다. 마무리 단계에서는 책의 내용을 회상해 보고 이야기를 나눈다. 잔잔한 배경음악과 함께 그림만 다시 보며 책장을 넘기기도 한다. 만 3세 이상의 아이들과는 가정에서도 이러한 방법으로 책을 읽으면 좋을 것 같다.

하지만 아직 돌도 안 된 아이에게 이 정도의 활동은 길고 무리가 있어서 조금 축약해서 적용하고 있다. 먼저 간단한 도입으로 늘 같은 노래를 불러준다. "똑똑똑똑 똑 똑 문 좀 열어 주세요. 똑똑똑똑 똑 똑 문 열었더니. 그 속에 들어있는 ○○○(동화책의 이름)!" 이렇게 간단한 책 소개 노래를 부르며 책 이름을 소개한다. 첫 번째 '똑똑똑똑 똑 똑' 부분에는 내가 책 표지를 문 두드리듯 책을 두드리고, 두 번째 '똑똑똑똑 똑 똑' 부분에서는 아이의 손으로 똑똑 문을 두드리는 동작을 한다. 매번 이렇게 책을 읽어주니 이제 로운이는 책을 꺼내고 노래만 시작해도 웃으며 스스로 책 표지를 똑똑 두드린다.

그리고 책을 아주 성실히, 열심히, 과장해서 읽어준다. 아주 능숙한 동화구연 전문가는 아니지만, 최대한 목소리를 다양하게 바꾸어 등장인물마다 다른 목소리를 내려고 노력한다. 얼굴 근육도 함께 사용한다. 실감 나는 표정으로 책을 읽어주면 로운이도 더 몰입하고 재미있어한다. 동화구연을 잘하지 못해도 괜찮다. 최선을 다한다면 그 열심과 진심이 아이에게 닿을 것이라 믿는다.

마무리는 그림만 다시 볼 때도 있고, 재미있었던 장면을 따라 해보기도 한다. 아이의 흥미가 그새 바뀌면 과감하게 생략하기도 한다. 책을 끝까지 읽지 못해도 괜찮다. 마지막 쪽이 나오지도 않았는데 책에서 시선을 돌리는 아이에게 이 책을 끝까지 보라고 하지 않는다. '그럴 수 있지. 이제 흥미가 떨어졌구나.'라고 생각하고 쿨하게 책을 덮는다.

같은 책을 또 읽을 때도 역시나 처음 읽는 것처럼 똑같이 읽어준다. 같은 책을 반복하여 읽는 것이 어른들에게는

지루한 일일지 모른다. 하지만 아이들에게는 이 책이 매우 흥미롭다는 뜻이고 문학의 아름다움을 느끼고 있다는 증거다. 그러니 몇 번이고, 몇십 번이고 즐거운 마음으로 그림책을 읽어주자.

15개월 아들과 도서관 데이트

나는 어린이 도서관을 사랑한다. 다양한 그림책들을 직접 넘겨볼 수 있으니 정말 몇 시간이 금방 지나가는 곳이다. 그림책을 구매하기 전에도 참 좋다. 서점에서는 유난히 그림책 판매대에만 비닐로 꽁꽁 포장된 책들이 있다. 아마도 어린이들이 책의 상품성을 훼손하지 못하게 하려는 것인 것 같다.

책을 직접 보고 구매하고 싶은데 그러지 못해 아쉬운 순간이다. 하지만 도서관은 마음껏 책을 넘겨볼 수 있으니 얼마나 좋은지 모른다! 그래서 로운이랑도 꼭 가보고 싶었다.

로운이가 15개월 때쯤 처음으로 동네 어린이 도서관에 방문했다. 어린이 도서관 내에 '아기 책마루'라는 좌식 공간이 있다. 책장 앞에 매트로 된 넓은 계단식 공간이 있다. 아직 걷지 못하는 아이들에게도 편한 공간이다. 내부에 화장실과 수유실도 구비되어 있다. 책장 중간에는 동그란 모양, 반달 모양의 책 읽는 공간이 있다. 이 공간의 벽면도 쿠션으로 감싸져 있어서 안전하고, 아이들이 자유롭고 편하게 책을 볼 수 있다.

로운이는 이 공간을 무척 좋아한다. 첫 도서관 데이트 때는 책보다는 화장실 문 열기, 쿠션으로 된 계단 올라가기 등 새로운 공간을 탐색하는 데에 더 관심이 있었다. 결국 내가 소소하게 두 권의 책을 골라서 빌려왔는데 그중 한 책을 좋아하며 집에서 자주 읽어달라고 했다.

첫 도서관 데이트

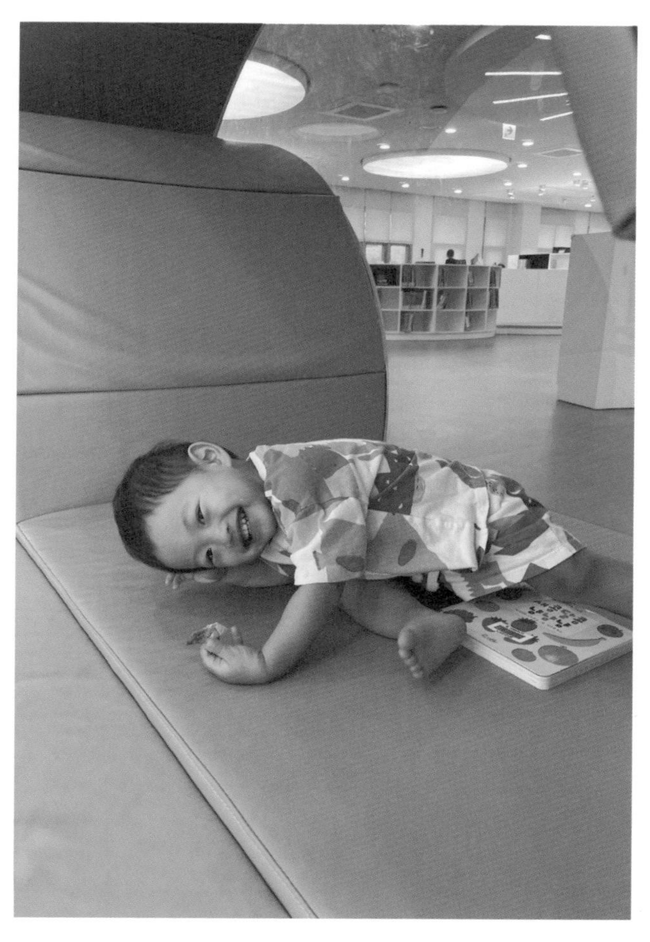

좋아하는 도서관의 공간

대출하고 싶은 책을 직접 들고 가는 로운

2주의 대출 기간이 지나고 빌린 책들을 반납하러 다시 도서관을 찾았다. 로운이의 온라인 대출증 카드를 실물로 만들어 직접 반납과 대출을 경험하도록 했다. 대출증을 만들면 책을 빌리는 일을 조금 더 시각화할 수 있다. 그래서 아이가 책을 빌려보는 일에 대한 개념을 더 잘 이해할 수 있는 것 같다. 이제는 셀프 대출, 반납 기계에 스스로 책을 올려놓고 책을 빌려보는 일에 참여한다.

요즘도 2주마다 로운이와 함께 도서관에 다닌다. 꾸준히 가다 보니 공간에 익숙해지고 편안해한다. 나름대로 마음에 드는 책을 고르기도 한다. 로운이가 직접 고른 책은 꼭 대출한다. 그리고 아이가 좋아할 만한 책들을 내가 골라 도서관에서 먼저 읽어줘 본다. 그럼 흥미롭게 보는 책도 있고, 별로 집중하지 않는 책들도 있다. 그렇게 빌릴 책들을 추려낸다. 어떤 날은 일곱 권을 빌려오기도 하고, 어떤 날은 다섯 권을 빌리기도 한다. 어떤 책은 너무 좋아해서 반납하기 싫어할 때도 있다. 그런 책은 한 번 더 빌려보기도 했다.

그림책이 가득한 도서관에서 로운이와 책을 고르고 읽으며 데이트하는 그 시간이 참 별거 없지만 나는 특별히 좋아한다. 나처럼 로운이도 엄마랑 도서관 가서 책보는 데이트가 좋다고, 또 하고 싶다고 말해주는 날이 올까?

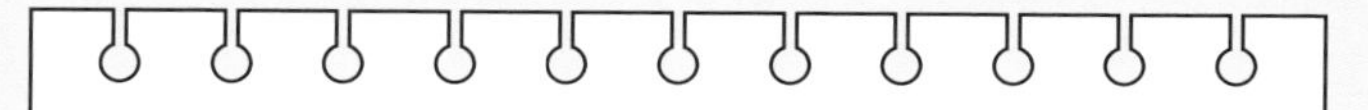

2022년 1월 6일

로운이에게 첫 외출복을 입혔다. 병원에 가기 위해 외출복을 장만했는데 로운이가 옷을 입는 건지, 옷이 로운이를 입는 건지 모르겠다. 옷이 너무 커서 거의 옷 속에 파묻혀서 다녀왔다. 이 옷이 작아지는 날도 오겠지.

전면책장을 살까?
말까?

우리 집에는 전면책장은 없다. 그냥 일반 책장에 책들이 뒤죽박죽 섞여 꽂혀 있다. 가지런하지 않고, 누군가는 엉망이라고 느끼고 책을 순서대로 정리하고 싶어질지도 모른다. 하지만 나는 나름의 이유를 가지고 그렇게 두고 있다. 절대 내가 정리를 못 하거나 귀찮아서 그런 것이 아니다. 정말이다! 그 이야기를 좀 적어보려고 한다.

그림책을 사고 모으다 보니 책장이 필요해졌다. 전면책

장 광고가 스마트폰에 뜰 때 고민했다. 고민 중에도 책은 정리해야 하니 일단 집에 있는 2칸짜리 작은 책장을 사용하게 되었다.

처음에는 그림책 전집을 순서대로 가지런히 정리해서 꽂아뒀다. 그리고 순서대로 한 권씩, 골고루 읽어 줬다. 책을 자꾸 읽어주니 로운이도 책장에 흥미를 느끼기 시작했다. 그리고 책을 마구 쏟아 내었다. 책을 읽는 것은 아니고 책장에서 쏟아내며 장난감처럼 가지고 놀았다.

나는 이것도 책과 친해지는 과정이고 긍정적인 책 놀이라고 생각한다. 위에서 아래로 책을 한 권씩 꽂는 전면책장이 아닌 일반 책장이어서 오히려 로운이처럼 어린아이가 책을 꺼내기 쉬웠다.

책을 읽다 보니 아이가 늘 같은 책을 골라서 읽어달라고 했다. 많은 책 중에서 같은 책을 고르는 것이 신기했다. 그리고 '정말 이 책을 알고 고르는 걸까?' 궁금해졌다. 그래서 책을 전집의 순서대로가 아니라 뒤죽박죽 꽂아봤다.

그런데도 같은 책을 고르는 게 아닌가! 그때 로운이도 나름대로 기준을 가지고 읽고 싶은 책을 고른다는 것을 알게 되었다. 그리고 뒤죽박죽 꽂혀있는 책들을 보며 꼭 순서대로 정리되어 있지 않아도 괜찮다는 생각이 들었다.

책이 늘 번호대로 꽂혀 있다면 나중에 아이가 스스로 책을 정리할 때도 번호대로가 아니라면 틀렸다고 말하게 될까 봐 싫었다. 그리고 혹시라도 아이에게 완벽함이 중요하게 여겨질까 봐 싫었다. 그래서 항상 같은 모습으로 보이는 책장의 모습보다 늘 바뀌어 있는 순서 없는 책장이 더 마음에 들었다. 그리고 그런 환경에서 내가 읽고 싶은 그 책을 찾으며 더 재미있을 것 같았다. 매일 조금씩 달라지고 난이도가 바뀌는 퀴즈 같은 책장이라고 할까? 실제로 뒤죽박죽 책장에서 로운이는 읽고 싶은 책을 잘 골라낸다. 그리고 이제는 나름대로 정리를 하기도 한다. 책의 순서를 맞추는 것이 아니라 어디든 책장 안에 그냥 넣기만 하면 로운이는 책 정리를 잘 해내는 기특한 아이가 된다. 그렇게 전면책장 고민은 끝이 났다.

Part 4

아이도
행복한
엄마 중심
육아

같은 아파트
육아 동지 만들기

어느 날 아파트 단체 대화방에 아기 엄마들 모임방이 생겨났다. 주저 없이 그 방에 참여했다. 연고 없는 동네에서 오롯이 혼자 육아하는 나에게 절실히 육아 동지가 필요했기 때문이다. 나와 같은 마음의 동지들이 꽤 많았다. 그렇게 알게 된 육아 동지들과 함께 베이비 카페도 가고, 서로의 집에 방문하여 공동육아를 하기도 했다. 각종 육아용품 나눔, 육아용품 할인 정보 공유, 육아 관련 뉴스 공유 등등 육아 정보 교환도 활발히 일어났다.

우리 집에 매트 시공을 하고 난 다음 날, 갑자기 내가 단지 엄마들 대화방에 번개 모임을 열기도 했다. 우리 집에 매트 시공했으니 시간 되시는 분들은 놀러 오시라고 했다. 갑자기 초대한 거라 아무도 안 오면 어쩌나 걱정되기는 했지만, 용기를 내보았다. 나의 용기에 무려 3명이나 응해주었다. 비슷한 또래의 아이들을 함께 돌보며 수다를 떨고 공동육아를 했다. 역시나 시간이 빠르게 지나감을 느끼며 육아 동지들과 조금 더 돈독해졌다.

그 대화방에 약 20명 정도가 모였는데 그중에 몇몇은 더 가까워져서 자주 보게 되었다. 그리고 더 좋은 육아 동지가 되었다. 아이들이 비슷한 또래니 같이 분유 먹이고, 이유식도 먹이고, 낮잠 횟수나 텀도 비슷하고, 행동 발달도 비슷하다. 그러니 때마다 육아 고민도 비슷하고 서로 공감대가 많다.

단지 내에서 특별히 친해진 언니가 있다. 동그랗고 큰 눈이 아주 예쁜 하온이를 키우고 있는 정은 언니이다. 집에서 아이 간식을 만들면 좀 넉넉히 만들어 언니네 집 문고리에 걸어둔다. 편식 없이 뭐든 잘 먹는 고마운 하온이는 나의 수제 간식을 맛있게 먹어주었다. 집 앞에서 붕어빵을 사 먹다가 코로나에 걸려서 집에서 격리하고 있다는 언니가 생각난다. 그러면 붕어빵 몇 개를 또 언니네 문고리에 걸어두고 온다. 갑자기 맛있는 식당에 가서 점심을 먹고 싶을 때 언니에게 연락해서 같이 외식하기도 한다. 동네에 새로운 가게가 생기면 점심에 가서 같이 맛집 도장깨기를 한다. 아파트 놀이터에서 번개를 하기도 하고, 집 앞 공원에서 같이 산책하기도 하고, 서로의 집에 놀러 가서 그저 평소의 시간을 같이 보내기도 한다. 그러면 하루가 또 금방 지나간다. 집이 가까우니 이 모든 것이 부담 없고 즐겁다. 내가 언니랑 친하게 지내니 아이들끼리도 친해지는 것은 지극히 자연스러운 현상이다. 나도 친구가 생기고 로운이도 친구가 생겼다.

내가 어릴 적 윗집, 옆집 아이들과 그 이모(친이모가 아닌 우리 엄마 친구들을 부르는 애칭)들과 매일 같이 놀았던 기억이 난다. 엄마가 만들어 주신 팥빙수, 피자 같은 간식을 나눠 먹기도 하고, 여름엔 큰 대야와 공기를 빵빵하게 불어넣은 풀장에서 함께 물놀이도 했었다. 역시 공동육아는 예나 지금이나 필수구나! 함께함의 위력을 느낀다.

공동육아는 언제나 참 행복하다.

하온이랑 유모차 산책 중

하온이랑 집 앞 공원에서 우연한 만남

친정에서
3박 4일

내 사진첩에 고등학교 친구들과 찍은 신기한 사진이 한 장 있다. 6명이 찍었지만, 사실은 11명인 사진이다. 6명 중 4명이 임산부였기 때문이다. 심지어 그중에 한 명은 쌍둥이를 임신 중인 상태였다. 우리 넷은 모두 2021년도에 출산을 했다. 나는 첫아이였고, 어떤 친구는 둘째 아이, 어떤 친구는 셋째 아이를 출산하였다. 신기하게도 고등학교 친구들 말고도 내 주변에 2021년도에 출산한 친구들이 더 있었다. '이 친구들과 한동네에 살면서 같이 아이들 키우면 얼마나 좋았을까?' 하는 생각에 아쉬웠다.

그래서 안양 친정집으로 바리바리 짐을 싸서 공동육아 여행을 다니기 시작했다. 동탄에서는 만나기 쉽지 않은 거리지만 친정에 가면 친구들 집과도 거리가 가까워졌기 때문이다. 몇 주 전부터 미리미리 연락하여 약속을 잡았다. 하루는 영은이네 가서 이준이와 표율이를 만나고, 또 하루는 소라네 가서 종훈이, 종헌이, 가빈이를 만나고, 또 하루는 인영이네 가서 서진이와 우진이를 만났다.

이준, 로운, 표율 in 영은이네

분유통부터 몇 일치 이유식, 기저귀, 아기 샴푸, 바디워시, 로션, 이동식 아기 의자, 아기 손톱깎이, 체온계 등등 챙길 것이 너무 많았다. 내 물건은 하나쯤 없어도 큰 문제가 없지만 아이 물건은 그렇지 못하다. 중요한 아이 물건들을 빼먹지 않기 위해 짐 싸기 리스트를 적고 하나씩 체크해 가며 캐리어에 짐을 채웠다. 짐을 줄이기 위해 분유, 기저귀 등을 친정집으로 미리 배송시키기도 했다. 내 친구 인영이는 이런 나를 보며 대단하다고 했지만 나는 집에만 있는 게 더 힘들다며 웃으며 답했다. 진심이었다.

매번 캐리어 가득 짐을 싸고, 50분 이상 운전해서 아이와 이동하는 것이 절대 쉬운 일은 아니었다. 그렇지만 육아하는 친구들을 만나고, 친구들의 아이들과 나의 아이가 함께 어울리고, 함께 자라는 모습을 볼 수 있는 기쁨이 모든 수고로움을 감당할 수 있게 했다. 친구들이 육아 동지가 되는 것은 엄청난 기쁨이고, 위로이고, 공감이고, 숨통 트이는 일이었다.

오늘의 이로운 육아일기

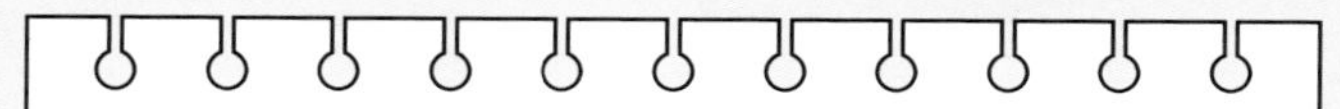

2022년 8월 4일

낮잠 자고 일어난 로운이가 날 보며 "엄마!"라고 했다!!! 엄청나게 칭찬해주고 거실로 나왔는데 눈물이 주룩주룩 흐른다. 이게 이렇게 감격스러운 순간이구나. '엄마'라는 단어가 나에게 중의적 단어가 된 오늘이다. 우리 친정엄마가 떠오르는 동시에 나 자신이기도 한 단어. '엄마.'

가빈, 종헌, 로운, 종훈 in 소라네

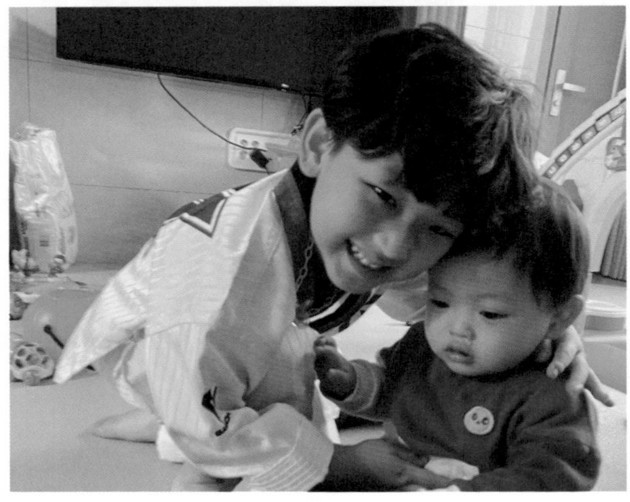

우진, 로운과 서진, 로운 in 인영이네

샤워하다가 얻은 나의 철칙

나는 원래 매일 아침에 머리를 감는 사람이었다. 하지만 육아하고 난 이후로는 내 생활의 패턴을 지킬 수 없어졌다. 매일 하던 샤워도 이젠 내가 씻고 싶을 때 할 수 있는 것이 아니었다. 아이와 집에 있으면 샤워도 눈치 게임을 잘해야 가능한 일이 된다. 아마 이 글을 읽고 있는 육아인들 중에 몇몇은 같은 경험이 있을 거라 확신한다.

아이가 낮잠이 들었고 나는 스마트폰에 아이 방에 있는 홈 캠 화면을 켜고 화장실에 들어간다. 화장실 물소리에 아이가 우는 소리를 못 들을까 봐 그렇게 홈 캠을 켜놓는 것이다. 그리고 엄청난 속도로 샤워를 시작한다. 머리에 물을 다 적셨는데 아뿔싸! 아이가 깨서 운다. 기가 막힌 타이밍이다. 샤워를 시작할 때보다 더 빠른 속력으로 대충 물기를 닦고 머리카락에 물이 줄줄 흐르는 알몸 상태로 우는 아이를 안는다. 아이는 그새 진정이 되었지만 와… 이게 뭐 하는 짓인가 순간 멍해진다. 마음 놓고 씻을 수도 없는 그 순간, 이제는 결코 아이가 잘 때 샤워하지 않기로 다짐했다.

그럼 어떻게 씻을까? 아이가 깨어 있을 때 씻기로 했다. 그날 이후로 나는 안방 화장실 앞에 범보 의자를 뒀다. 아이를 의자에 앉히고 화장실 물을 활~짝 열고 아이 앞에서 샤워하기 시작했다. 그러면서 내가 샤워하는 모습을 언어로 바꾸어 말해주었다. "엄마가 비누 거품을 만들어서 머리를 감고 있네~ 보글보글~ 아! 개운하다!" 이런 말들을 뱉으며 요란하게 씻으면 그래도 중간에 샤워를 멈춰야 하는 일은 없었다. 아이가 범보 의자에서 탈출할 때쯤에는 보행기로 바꾸어 주었다. 보행기를 졸업할 때쯤에는 그냥 바닥에 앉아 있게 했다. 신기하고 고맙게도 로운이는 그 시간을 잘 기다려 주었다.

그리고 샤워뿐만 아니라 가능한 모든 집안일을 아이가 깨어 있을 때 하기로 했다. 아이가 자는 시간에는 나도 같이 자든가 쉬어야만 했기 때문이다.

어떤 양육자는 아이가 잘 때 집안일을 하느라 쉴 시간이 없다고 한다. 하지만 나는 잠이 절실했다. 그래서 설거지는 하루치를 몰아서 저녁에 한 번만 했다. 아이가 깨어있을 때 청소기도 돌리고, 빨래도 개었다. 그렇게 하니 아이는 엄마의 일상을 보고 배울 수 있고 나는 휴식을 확보할 수 있었다. 물론 아이가 옆에서 개어놓은 빨래를 무너뜨릴 수 있으니 각별히 조심해야 한다.

최근에는 로운이가 잘 놀고 있길래 어서 설거지를 시작했다. 그런데 바로 로운이가 주방으로 와서는 칭얼거린다. "엄마 설거지하는 거 볼래?"라고 물어보니 "응!"이라고 하며 좋다고 한다. 식탁 의자를 싱크대 앞에 놓아주고 로운이를 의자 위에 올려주었다. 이전에도 이렇게 했던 적이 있다. 그때는 내가 설거지하는 모습을 흥미롭게 쳐다보았었다. 그런데 이번에는 씻은 그릇을 자꾸 달라고 한다. 그 요청에 응해 그릇을 건네주니 제법 그릇의 제자리에 맞춰 정리한다. 정말 놀라웠다. 아이가 깨어 있는 시간에 집안일을 하며 나의 일상을 공유했더니 로운이는 어른들의 삶을 그대로 보고 배우고 있었다.

빨래도 마찬가지다. 이제는 내가 빨랫감을 꺼내오면 옆에서 마음에 드는 빨랫감을 하나 집어 들고는 나름대로 개키기 시작한다. 엉망진창으로 구겨 놓는 것이 전부이지만 일상과 집안일에 참여하려는 로운이의 의지와 마음이 참 귀엽다. 내가 편해지려고 했던 시간이 로운이에겐 삶을 배워가는 순간이 되고 있었다.

빨래 개키는 로운

로운이가 갠 빨래(가장 위의 것만)

키즈카페 말고
그냥 카페

아이를 낳고 나니 새벽 수유부터 시작된 피로가 해소될 일은 없고 누적만 되어가는 것 같았다. 매일 카페인이 절실했다. 거의 매일 커피를 마셨다. 대부분 달콤한 아이스 바닐라 라테를 포장해서 산책길에, 혹은 집에서 마시곤 했다. 그런 생활을 몇 달 지속하다 보니 어느 날 문득 예쁜 카페에 앉아서 맛있는 커피를 마시고 싶어졌다.

우리 동네는 아이들이 정말 많은 동네라 웬만하면 어떤 식당에 가도 아기 의자가 마련되어 있다. 고깃집, 곱창집에도 아기 의자가 있을 정도다. 그런데 카페는 그렇지 않은 경우가 많았다. 아주 대형 카페나 큰 쇼핑몰 안에 있는 카페가 아니면 작은 개인 카페에는 아기 의자가 없는 경우가 종종 있었다. 그런데도 나는 커피에 달콤한 디저트까지 먹고 나온다. 아기 의자가 없어도 괜찮다. 유아차를 아기 의자 삼기도 하고, 남편의 무릎에 아이를 앉히기도 하고, 넓은 소파가 있다면 아이와 나란히 앉아 티타임을 즐긴다.

아이를 낳고 처음으로 카페 앉아 커피를 마시던 날이 기억난다. 아이를 태운 유아차를 끌고 남편과 동네 산책을 하다가 갑자기, 과감히 좋아하는 카페에 들어갔다. 카페에 궁둥이를 붙인 게 너무 오랜만이라 생경하게 느껴졌던 날이었다. 아기 의자가 없는 작은 동네 카페라 로운이는 아빠 무릎을 의자 삼아 앉았다. 엄마, 아빠의 대화 소리를 듣고 있으니 노곤해졌는지 그대로 금방 잠이 들어 유아차에서 재웠던 기억이 난다.

그 이후로 용기가 생겨 종종 남편과 아이를 데리고 카페

데이트를 즐겼다. 커피 마시고 싶은 것, 카페에 앉아 쉬며 잠깐의 여유를 누리고 싶은 마음을 참지 않는다. 아이가 유아차에서 잠들어 있어도 좋고, 깨어있어도 좋다. 아이가 깨어있다면 아이에게도 먹을 만한 간식을 쥐어준다. 그리고 같이 티타임을 즐긴다.

아이와 함께라면 일반 카페보다 키즈카페가 좋을지 모르겠다. 주말마다 키즈카페가 바글바글한 것을 보면 그런가 보다. 그런데 나는 그냥 아기자기한 카페에서 맛있는 커피를 마시며 주말을 보내고 싶다. 그럼 그렇게 해도 좋다. 어떻게 모든 일상을 아이에게만 맞출 수 있을까? 이미 충분히 아이를 위해 많은 것을 내려놓고 희생하고 있지 않은가?

가끔은 엄마가 좋아하는 예쁜 카페에서 시간을 보내도 괜찮다. 아니, 너무 좋다. 그렇게 다니다 보면 생각지 못한 다정함을 만나기도 한다. 맛있는 커피 한잔 마시고 싶은 내 마음을 응원하듯 아이와 함께 있다는 이유로 이런저런 배려를 많이 받는다. 누군가 엘리베이터 버튼도 대신 눌러

주시고, 음식도 대신 가져다주시고, 유아차도 밀어주시고, 화장실 문도 열어주시고, 아이에게 인사해 주시며 예뻐해 주신다. 로운이와의 추억이 행복한 것은 그런 따뜻함이 있기 때문이다. 그것들까지 기억하고 싶다. 그리고 로운이에게 세상은 따뜻한 곳이라고 말해주고 싶다.

출산 후 처음 카페에 앉은 날

카페에서 가족사진

행궁동 카페에서 로운이와 둘이 데이트

카페에서 가족사진 2

포기 못 해!
벚꽃놀이, 단풍놀이

나는 우리나라의 사계절을 사랑한다. 특히 봄에는 벚꽃놀이, 가을에는 단풍놀이하러 다니며 계절을 즐겨야 한다. 우리 남편은 이런 나를 이해는 못 하지만 10년째 같이 봄꽃 놀이, 가을 단풍놀이를 다녀주고 있다. 출산 전 마지막 가을에는 만삭인 몸으로 단풍 구경하러 갔었다. 지금 생각해도 참 잘한 일인 것 같다.

출산하고 첫 번째 맞이하는 봄은 로운이가 생후 4개월쯤이었다. 그 전년도에는 임신한 사실을 모른 채 온유(강아지)를 데리고 오산천 벚꽃길에 다녀왔었다. 그리고 2022년 봄에는 같은 장소에서, 세상으로 나온 로운이와 동행했다. 로운이는 가는 길 차 안에서 잠들었는데 내려서도 유아차에서 내리 잠만 잤다. 덕분에 데이트하듯 남편과 걸을 수 있었다. 그래도 꽃구경은 시켜주고 싶어서 마지막에 자는 아이를 깨워 사진을 남겼다. 잠이 덜 깨서 비몽사몽 상태였지만 로운이와 함께 내가 사랑하는 계절을 누릴 수 있어 행복했다.

두 계절이 지나고 로운이와 첫 번째 가을을 맞았다. 당시 아이는 생후 11개월쯤이었다. 4년 만에 경기도 광주에 있는 화담숲에 단풍을 보러 갔다. 이즈음에 로운이가 유아차를 싫어해서 아기 띠까지 챙겨갔다. 남편이 아기 띠를 매고 산책로를 열심히 걸었다. 아직 걷지도 못하는 아이를 데리고 사진도 열심히 찍었다. 산책로를 열심히 오르니 그림처럼 알록달록한 가을의 전경을 볼 수 있었다. 물들어 있는 나무들은 사진에 다 담기지 않을 만큼 아름다웠다. 내가 제일 사랑하는 가을을 온전히 다 느낄 수 있던 순간이었다.

2022년 단풍놀이

그리고 올해 2023년 봄에도 같은 곳에 벚꽃 구경을 다녀왔다. 장소를 바꿔보려고 고민했었는데 같은 곳에 매년 방문하며 사진을 남기는 것도 의미가 있겠다고 생각되었다. 로운이도 이젠 많이 커서 유아차에서 제법 꽃구경을 즐길 줄 아는 꼬마가 되었다.

작년에는 누워서 잠만 자던 로운이가 이젠 걸어 다니기 시작했다. 걸어서 벚꽃 나무 아래를 누비는 귀여운 모습이 딱! 봄 그 자체였다. 그리고 이제는 분유, 이유식이 아닌 유아식을 먹게 되어 간식도 다양하게 먹을 수 있게 되었다. 로운이가 좋아하는 딸기를 가득 챙겨가 벤치에 앉아 같이 나눠 먹고 쉬기도 했다. 소풍 같은 기분이었다. 로운이도 봄의 아름다움을 느끼는지 아주 즐거워했다.

벚꽃이 흐드러진 배경에 까르르거리며 걸어 다니는 아이를 보고 있으니 웃음이 절로 나왔다. 늘 함께해 주는 남편 신영과 귀엽고 고마운 똥강아지 온유까지. 아 정말 행복이다.

2023년 벚꽃놀이

네 번의 비행
- 돌 전 아이랑 2번의 제주도 여행

공립유치원 교사는 여름, 겨울 방학이 있는 직업이다. 그 대신 직장인들처럼 날씨 좋은 계절에 휴가를 쓸 수 없는 직업이기도 하다. 봄, 가을에 여행을 갈 수 없으니 휴직하게 된다면 그때 꼭 여행을 떠나보고 싶었다. 2022년 가을, 그 로망만으로 제주행 비행기 티켓을 끊었다.

두근두근 떨리던 첫 번째 비행! 아이의 낮잠 시간에 맞춰 비행기 표를 예약했다. 예상대로 비행기를 타자마자 아이는 잠이 들었다.

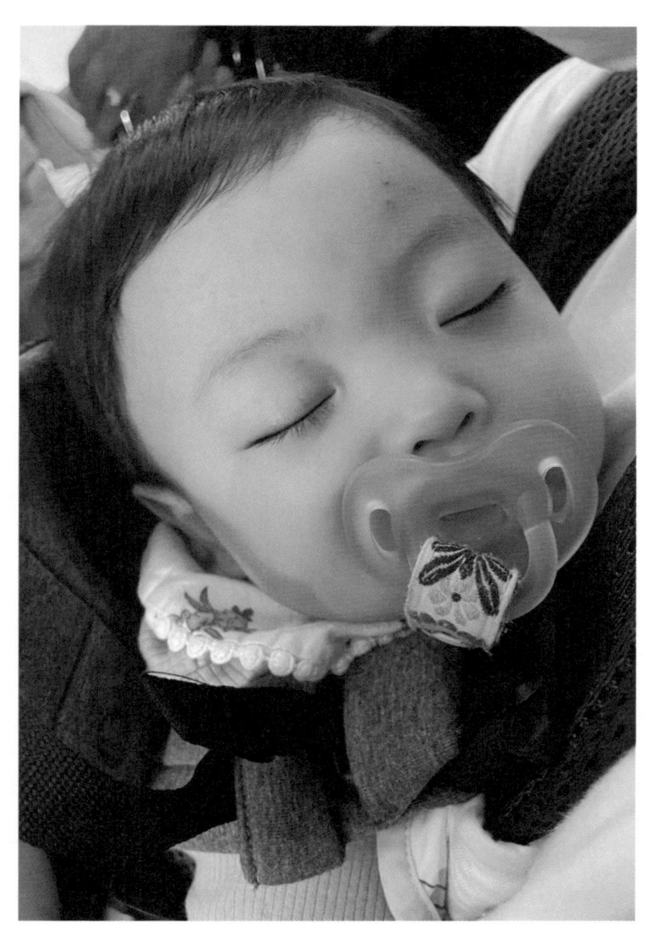

첫 번째 비행

계획대로 첫 번째 비행은 아주 수월했다. 그렇게 로운이와 5박 6일의 제주 일정이 시작되었다. 1박은 애월 쪽의 개인 노천탕이 있는 가정집 같은 숙소였다. 6일 치 이유식을 꽁꽁 얼려갔는데 숙소에 가정용 냉장고가 있어 다행이었다. 덕분에 녹으려고 하는 이유식을 첫 번째 숙소에서 다시 꽝꽝 얼릴 수 있어 좋았다. 그리고 아직 걷지 못하고 기어 다니는 아이라 좌식으로 된 가정집 숙소가 좋았다. 2박은 낮은 영아 풀장이 있는 호텔이었다. 물속에서도 아이의 발이 닿는 낮은 수심의 수영장이었다. 깊은 물을 무서워하는 로운이도 낮은 수영장에서는 아주 즐겁게 물놀이를 즐겼다. 호텔 내부 바닥도 카펫이 아닌 장판으로 되어 있어서 아이가 바닥을 기어 다녀도 위생적인 곳이었다. 남은 2박은 숙소는 서귀포 쪽에 가성비 호텔이었다. 온돌방으로 예약해서 방에 이불을 깔고 온 가족이 함께 잤다. 원룸 형태로 되어있고 따로 테이블이나 의자가 없었다. 챙겨갔던 휴대용 부스터 의자를 펼치고 이유식 의자로 사용했다. 생후 9개월 된 로운이는 아직 분유와 이유식을 먹는 시기라 우리는 오히려 좋았다. 엄마, 아빠 중심으로 메뉴와 일정을 계획할 수 있으니 말이다. 아이가 유아차에서 잠든 사이에 스시 오마카세도 먹고, 지글지글 불판에 구워 먹는 흑돼지구이도 먹었다. 어떤 방송 프로그램에 나와서 꼭 가보고 싶던 파스타 가게도 가고, 식사 후 카페도 꼭 챙겨 다녔다. 이동 중에 우연히 발견한 메밀꽃밭에서 사진도 남기고, 예쁜 돌담도 지나치지 않고 걸터앉아 사진을 찍었다. 로운이에게 처음 바다를 보여주기도 했다.

우연히 발견한 메밀꽃밭에서

5박 6일의 일정이 무사히 지나고 육지로 돌아가는 비행기에서도 잘 잘 거라 예상했다. 하지만 그렇지 않았다. 비행기 타기 전부터 잠이 들어서 비행기를 타니 잠에서 깨어 버린 것이다. 동공 지진이 일어났지만 애써 침착한 척 가방에서 스티커 북을 꺼냈다. 로운이는 처음 보는 스티커 북에 꽤 관심을 가지고 놀아주었다. 그렇게 무사히 두 번째 비행을 마쳤다.

가을 제주 여행 이후, 두 달 정도 뒤에 남편의 제주 출장 일정이 생겼다. 제주도에서 학회가 열린 것이었다. 남편을 따라 우리의 초겨울 제주행이 시작되었다. 첫 번째, 두 번째 비행이 나쁘지 않았었기 때문에 걱정을 덜었다.

그런데 웬걸 세 번째 비행은 정말 잊지 못할 비행이 되었다. 로운이가 비행기 안에서 20분 이상 강성으로 울었기 때문이다.

낮잠 타이밍과 비행시간이 딱 맞지 않기도 했고 공갈 젖꼭지를 떼고 가서인 것 같았다. 지난번처럼 스티커 북을 챙겨갔는데 통하지 않았다. 지금 되돌려 생각해 보니 공갈 젖꼭지를 대신할 한입 간식을 준비했어야 한다. 좁은 비행기 안에서 아이 울음소리에 누군가 불쾌해하지 않을까 염

려하며 진땀을 뺐다. 다행히도 승무원님들이 친절하게 아이를 함께 보살펴 주셨다. 비행 중에 우는 아이들이 많이 있다며 위로해 주셨다. 정말 감사히도 불편을 표현하시는 승객분은 한 분도 없었다. 승무원님들이 아이 옷을 얇은 것으로 갈아입히기를 권해주셨고, 옷을 가볍게 갈아입으니 조금 진정이 되었다. 그리고 이내 잠들었다.

이번 4박 5일 일정 중 2박은 학회가 열리는 리조트 온돌방에 묵었다. 학회 외에 추가 일정 2박은 에어비앤비 숙소를 이용했다. 초겨울이라 좀 쌀쌀했는데 보일러가 정말 뜨끈했고 방의 온도, 수온을 우리가 직접 조절할 수 있으니 좋았다. 비행에서 한입 과자를 챙기지 못한 점을 반성하고 제주 이마트에 들려 적당한 간식을 구매했다. 그리고 그 간식들은 여행 내내 유용하게 활용되었다. 그리고 이번에도 휴대용 부스터 의자를 적극적으로 활용했다. 제주에는 아기 의자가 없는 식당, 카페가 많아 렌터카 트렁크에 늘 부스터 의자를 싣고 다녔다. 역시나 엄마, 아빠 중심으로 제주에서 빠질 수 없는 흑돼지구이, 생선구이, 초밥, 보말 칼국수 등등을 먹었다. 커피 오마카세도 경험했다. 리조트 내에 포토 스폿도 기필코 들러서 사진을 찍고, 꼭 보고 싶던 동백나무 앞에서 제주 바람을 뚫고 사진을 남겼다. 제주의 귤과 닮은 주황색 모자를 쓰고 귤밭 카페에서 자연과 함께 시간을 보내기도 했다.

4박 5일의 일정을 보내고 마지막 비행은 한입 간식과 스티커 북까지 만발의 준비를 했지만, 감사히도 사용하지 않았다. 아빠가 멘 아기 띠에서 로운이가 곤히 잘 잠들어 편안히 마지막 비행을 마쳤다.

어린아이와의 여행은 어차피 아이가 기억도 못 하니 별 의미가 없다고 생각할 수도 있다. 하지만 엄마, 아빠가 기억하지 않는가? 우리 부부에게 네 번의 비행이 큰 추억이고, 즐거움이고, 여운이다. 그리고 사진으로 남겨두면 아이도 커서 이 추억을 나눠 받을 수 있다고 생각한다. 기억은 나지 않지만 내가 로운이만 할 때 엄마, 아빠랑 수족관에 갔었던 것을 오래된 사진첩을 보며 알고 고마워하는 것처럼 말이다.

참을 수 없는
엄마의 새치

나는 체질상 새치가 많다. 흰머리도 유전이라던데, 맞는 것 같다. 그래서 거의 두 달에 한 번은 미용실에 가서 뿌리 염색을 한다. 주말에 남편에게 아이를 맡기고 미용실에 가기도 했지만, 일정이 많은 주말이면 희끗거리는 머리를 일주일 더 참는 게 쉽지 않았다. 그래서 과감히 평일에 아이를 데리고 미용실에 가기를 도전했다. 아이가 낮잠 잘 시간에 맞춰 미용실 예약을 했다. 그리고 조금 여유롭게 유아차에 태워 미용실까지 걸었다. 다행히 가는 길에 로운이는 잠들었고 아주 편하게 미용실을 이용했다. 참을 수 없는 나의 새치들을 감추는 것만 해도 만족스러운데 게다가 낮에 미용실 외출을 하니 그날 하루가 빨리 지나갔다. 그 이후로 아이를 데리고 종종 미용실에 방문했다. 어떤 날은 미용실 가는 길에 로운이가 잠에 잘 들지 않았다. 미용실에 양해를 구하고 예약 시간보다 조금 늦게 들어갔다. 그래도 결국 나의 일상에 로운이와 동행했다.

나는 아이를 키우며 가장 힘들었던 점이 이 지점이다. 나의 일상에 제한이 생기는 것이다.

어린아이가 있으니 큰 소리 나는 영화관, 공연장에 가지 못하고 노키즈존 식당에도 못 간다. 이렇게 불가능한 장소들도 있어 쉽지는 않지만, 불가능은 아닌 곳들도 있다. 나는 불가능이 아니라면 아이와 동행해 나의 일상을 누리고 싶었다. 나의 모든 일상과 패턴을 아이 중심으로 바꾸고 싶지 않았다. 아이라는 존재는 어쩌면 내 일상에 똑똑 문 두드리며 찾아온 생명이지 않은가? 그렇게 반려인이 된 아이와 내 삶의 소소한 필요와 기쁨을 함께 공유하며 살아가는 것이 너무 마땅하다.

'로운아, 엄마는 너를 위해 모든 것을 희생하고 포기할 수 없어. 엄마의 일상도 중요하거든. 그러니 내 일상에 함께 해볼래? 이게 앞으로 너의 인생이기도 하고 별건 아니지만 소소하게 행복하기도 해.' 이런 마음으로 아이를 데리고 미용실에 다니기 시작했다.

오늘의 이로운 육아일기

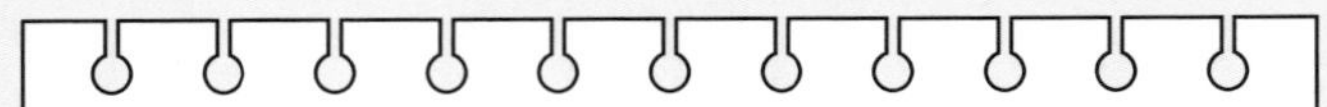

2022년 3월 28일

온 집에 머리카락투성이다. 로운이 배냇머리도 많이 빠지고, 나에게도 출산 후 탈모가 찾아왔다. 머리카락이 거의 줄줄 흐르는 수준이다. 로운아…. 이러다 우리 둘 다 대머리 되는 거 아니겠지…?

엄마가
치과 가야 하는 시간

앞부분과 통하는 이야기이다. 충치가 잘 생기는 체질인 나는 늘 치과가 두려웠다. 치과에 가면 늘 치료해야 하는 치아가 많았기 때문이다. 늘 그랬듯 약간의 걱정스러운 마음으로 임신 중에 치과 검진을 받았다. 역시 치료가 필요한 치아가 있었다. 그런데 임신 중에는 마취약 투여 등에 어려움이 있으니 잘 관리하다가 출산 후에 방문하라고 하셨다. 출산하고 육아 일상에 치여 치과 진료는 잊은 채 지내고 있었다.

그러던 어느 날 딱 그 치아가 아프기 시작했다. 치과는 누워서 치료받아야 하니 아이와 동행하기 어려웠다. 남편에게 아이를 맡기고 진료 받으려고 그 주 주말에 예약하려고 보니 이미 모두 마감이었다. 하지만 치아가 아프기 시작해서 빨리 병원에 가야 할 것 같았다. 치과에 전화를 걸어 구구절절 나의 처지를 설명했다.

치과에서는 아주 친절하게 상담을 해주셨다. 아이랑 동행하는 경우도 종종 있다고 말씀 해주셨다. 일단 아이가 낮잠 잘 시간에 맞춰서 진료 예약을 잡기로 했다. 진료 중에 만약 아이가 잠에서 깨면 상황을 봐서 천천히 치료를 진행하기로 했다. 다행히도 로운이는 진료 내내 깨지 않고 잘 잤다. 엄마의 진료를 위해 아이가 동행하는 일은 쉽지 않았다. 그렇지만 불가능은 아니었다.

바라기는 이런 상황들이 눈살 찌푸려지거나, 극성으로 여겨지지 않았으면 좋겠다. 육아인들의 모든 일상이 마땅하고 자연스럽기를 바란다. 그리고 이미 고군분투하며 아이와 매일을 살아내는 우리를 환영해 주고 배려해 주는 모든 분에게 감사를 보낸다.

드디어 새 학기!
- 14개월 아이의 어린이집 등원 이야기

유치원 교사인 나는 과연 내 아이를 언제쯤부터 기관에 보내야 하나 고민이 많았다. 육아휴직도 한 아이당 3년씩 가능하기에 더 고민이었다. 차라리 빨리 복직해야만 한다면 고민 없이 어린이집에 보낼 텐데…. 일단 우리 동네는 아이들이 워낙 많은 지역이라 태어나자마자 어린이집 대기를 걸어야 한다고 했다. 그래서 집에서 걸어서 등원이 가능한 어린이집 세 군데에 대기를 걸어두었다. (최대 3곳에 대기가 가능하다.) '언젠가 대기 순번이 다가오겠지.' 하는 마음으로 지냈다.

그렇게 지내면서 좋은 기회로 같은 아파트에 사는 친구 하온이와 가정 방문 수업을 함께 받게 되었다. 오감, 음악 통합 활동이었는데 아직 돌도 안 된 로운이가 제법 집중하고 활동에 참여하는 것을 보게 되었다. 그 모습을 보면서 '어린이집에 가면 이렇게 지내겠구나.' 하는 생각이 들었다. 집에서는 매일 새로운 교육 활동을 제공해 주기가 어려운데 어린이집에 가서 날마다 다른 활동들을 경험하면 로운이도 재미있어하겠다는 생각이 들었다.

하지만 우리 집에서 걸어서 갈 수 있는 세 곳의 어린이집은 모두 대기 순번이 한참 남아 있었다. 두 명의 아이를 키우는 내 친구 인영이는 그렇게 기다리고만 있다가는 새 학기 입소가 어려울 것이라고 했다. 시립어린이집은 포기하고 가정 어린이집 중심으로 전화를 돌려보라고 조언해 주었다. 그 말을 듣고 새 학기 입소를 놓치면 또 1년을 통으로 가정 보육을 해야 할지도 모른다는 생각이 들었다.

급하게 전화를 돌리기 시작했다. 그중에 한 곳의 원장님이 친절하게 상담을 해주시면서 당시 내년(2023년)에 자리가 있을 것 같다고 말해주셨다. 그리고 2023년 3월, 자차로 10분 거리에 있는 그 어린이집에 로운이가 등원하기 시작했다.

유치원에 다니는 아이 중 제일 어린 나이의 아이들은 만 3세, 한국 나이로 다섯 살 아이들이다. 초임 때 맡았던 만 3세 반의 3월을 떠올리면 그야말로 울음바다다. 한 달을 내내 울며 등원하는 아이들도 있다. 그 경험을 토대로 로운이도 울며 등원하는 것이 너무나 당연한 일이라고 스스로 되뇌었다. 그리고 유치원 일을 하면서 분리불안이 아이에게 있는 것이 아니라, 사실은 엄마에게 있는 것 같다는 생각을 한 적이 있다. 엄마가 불안해하면 그 불안이 아이에게 옮겨가 아이도 더 적응하지 못한다. 엄마가 믿음으로 아이를 원에 보내면 그 믿음에 힘입어 아이들은 쉽지는 않지만, 열심히 그리고 기필코 적응해 내는 것을 보았다. 그러니 나도 아이를 믿어주어야겠다고 단단히 마음먹었다.

보편적으로 어린이집 적응은 단계별로 이루어진다. 처

음에는 엄마와 함께 등원해서 30분 정도 놀다가 하원하고 점점 어린이집에 머무는 시간을 늘려간다. 엄마와의 거리는 문밖, 현관 앞 등으로 점차 멀어진다. 최종적으로 엄마와 어린이집 현관에서 인사하고 헤어지게 된다. 그런데 우리 어린이집 원장님께서는 오리엔테이션 때 혹시 엄마가 원한다면 처음부터 엄마 없이 아이만 등원할 수도 있다고 말씀하셨다. 애초에 어린이집은 엄마랑 같이 못 가는 곳이라고 인식시켜 주면 적응에 더 도움이 된다고 하셨다. 그 자리에 첫째 때 그렇게 해서 적응을 빨리 시켰다는 학부모도 있었다. 그 말을 듣고 로운이는 새로운 곳에 잘 적응하는 편이니 그렇게 도전해보기로 다짐했다.

그리고 대망의 D-day가 다가왔다.

다짐대로 로운이만 어린이집에 들여보내려고 했는데 나의 예상과는 다르게 로운이가 나와 떨어지지 않으려고 했다. 당시는 예상 밖이라고 생각했지만 지금 생각하면 너무 당연하였다. 그래서 일단 같이 어린이집에 들어갔다. 엄마가 옆에 있으니 역시나 새로운 환경을 탐색하며 놀이하기 시작했다. 20분 정도 함께 있다가 잘 놀던 로운이에게 인사를 하고 나만 어린이집 밖으로 나갔다. 분리불안이 왜 엄마들에게 생기는 건지 너무 공감되는 순간이었다. 엄마에게 가지 말라고 우는 아이를 두고 떠나야 하는 그 마음이 얼마나 불편하던지. 결국, 20분 만에 원장님께 전화가 왔다. 엄마가 떠나고 계속 울었고, 첫날이라 이쯤에서 하원 하는 게 좋겠다고 하셔서 그렇게 등원한 지 40분 만에 하원을 했다.

'와… 내가 무슨 짓을 하는 거지? 로운이는 아직 준비가 안 되었는데 괜히 내 욕심에 로운이만 보낸다고 했나? 지금 당장 복직해야 하는 것도 아닌데 그냥 조금만 더 내가 가정에서 보육할까?' 온갖 생각이 들었다. 결국, 원장님께 전화를 걸었다. 원장님은 내 마음에 공감해 주셨고 걱정, 미안함, 죄책감으로 채워졌던 마음을 편안하게 바꾸어 주셨다.

둘째 날은 또 언제 어린이집에서 하원 전화가 올지 모르니 어린이집 주차장에서 대기하고 있었다. 그런데 로운이가 울다가 선생님 품에서 잠들었다는 사진을 받았다. 안쓰러워 보였지만 보통 낮잠을 자면 40분 정도는 자니 간단히 뭐라도 먹으려고 근처 김밥집에 들렀다. 주문한 김밥을 기다리고 있는데 로운이가 깼다고 연락이 왔다. 아뿔싸! 선생님께 상황을 말씀드리고 김밥을 포장으로 바꾸어 어린이집으로 돌아갔다. 그런데 그사이에 아이들 점심 배식이 시작되었고 로운이도 밥을 주니 잘 먹는다고 연락받았다. 얼떨결에 등원 둘째 날은 점심까지 먹고 하원을 하게 되었다.

새 학기 시작일이 목요일이어서 이틀 만에 주말을 보냈다. 등원 셋째 날, 월요일이 되었다. 일주일 동안 점심 먹고 하원하기, 그다음 주에는 낮잠 자고 하원하기를 시도했다. 그렇게 약 2주 정도 만에 적응 기간이 끝났다.

그리고 나의 자유 시간이 시작되었다. 오전 9시 30분 정도에 등원해서 오후 3시 30분 하원까지 내게 주어진 여섯 시간. 짧다면 짧고 길다면 긴 시간이었다.

그 짧고도 긴 자유 속에서 집 안을 정돈하고 로운이가 먹을 음식들을 만들기도 했다. 내내 잠을 자기도 했다. 남편과 영화를 보며 데이트하기도 했고, 남편과 숯가마 찜질방 데이트도 다녀왔다. 혼자 병원에 다녀오고 커피를 마시기도 했다. 나처럼 자유부인이 된 친구들을 만나 야무지게 수다를 떨기도 했다. 수요일 오전에는 교회에 가서 집중된 예배를 드릴 수도 있었다. 수요예배 찬양팀 사역을 시작하게 되었고, 교회에서 진행하는 마더와이즈 프로그램에도 참여하게 되었다. 그리고 지금처럼 글을 쓰고 책을 출간할 수도 있게 되었다.

로운이는 이제 어린이집 문이 열리면 종종걸음으로 담임선생님께 안긴다. 그러고는 웃으며 엄마에게 잘 가라고 인사해 준다. 다양한 활동에 적극적으로 참여하고 즐거워한다. 어린이집 친구들을 반기고 좋아한다. 주말에도 어린이집 가방을 메고 등원하고 싶어 한다.

나는 분명히 느끼고 있다. 이 여섯 시간의 분리가 나를 더 건강하게 만들고 마음이 넉넉해지게 한다. 여유로운 마음으로 아이와의 시간을 보다 집중 있게, 즐겁게 보낼 수 있게 한다. 로운이도 날마다 더 흥미롭게 보내고 많은 것을 배우고 있다. 선생님의 사랑 속에 다양한 경험을 하며 또 다른 사랑을 알아가고 있다. 나와 로운이, 서로에게 유익한 시간임을 확신한다.

어린이집에서의 로운

어린이집에서의 로운 2

오늘의 이로운 육아일기

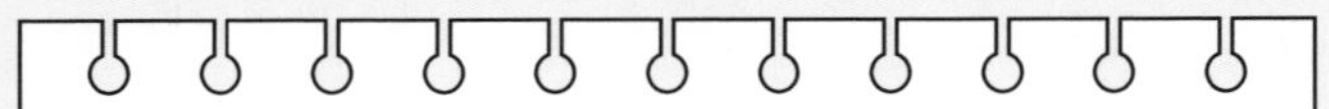

2023년 4월 6일

오늘은 로운이가 어린이집에서 요리 활동을 했다. 로운이의 첫 번째 요리는 텃밭 케이크! 이거 귀여워서 어떻게 먹지?

교회에서 자라는 아이

나와 남편은 모태신앙이고 우리는 교회에서 만나 결혼한 Church Couple이다. 그리고 우리 둘 사이에서 태어난 로운이는 2021년생 코로나 베이비이다.

코로나가 유행하고 어린아이도 있으니 너무 자연스럽고 당연하게 교회에 가지 않았다. 대신 집에서 온라인 예배를 드렸다. 그리고 2022년 봄, 다시 대면 예배가 가능해졌다. 오랜 기도와 고민 끝에 1시간 거리의 모 교회를 떠나 집 근처 새로운 교회에 등록하게 되었다.

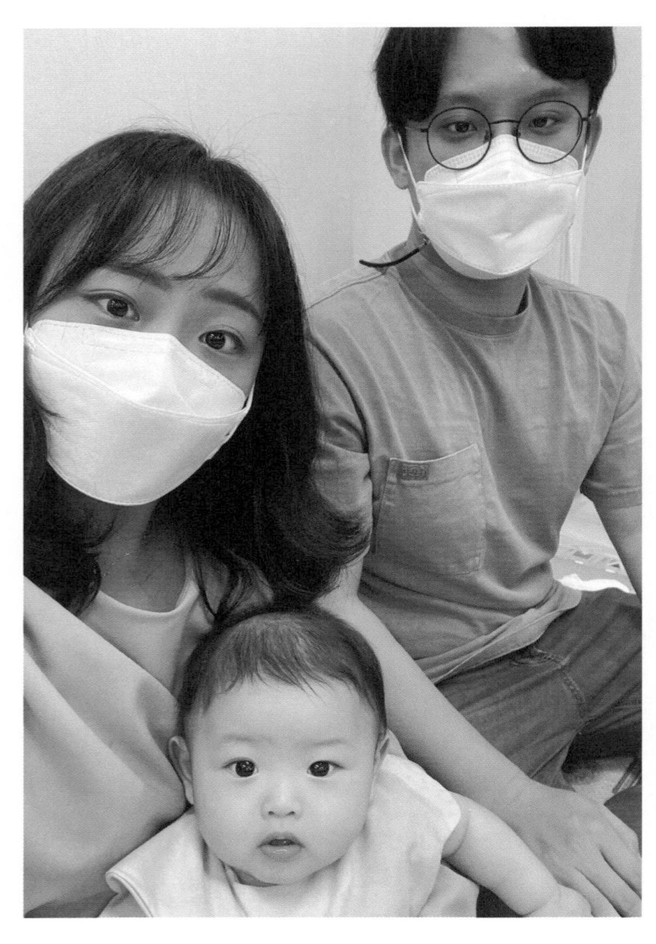

새로운 교회에 처음 간 날

그런데 아이랑 매주 시간을 맞춰 교회에 가는 일은 생각보다 쉽지 않은 일이었다. 기저귀부터 아이가 먹을 것 등 챙길 짐이 한가득하였다. 교회에 가야 하는 시간에 아이가 낮잠을 자면 이걸 깨워야 하나 고민이 되었다. 대면 예배에 갈까? 말까? 고민하던 몇 번의 주일 아침을 보냈다. 남편과 우리의 주일에 관해 이야기 나누며 마음을 확정하였다. 늦더라도 주일에는 교회에 가서 예배를 드리기로 정했다. 그리고 그렇게 실천했다. 이제 더 이상 주일은 문제되지 않았다.

몇 개월이 지나고 성탄절과 송구영신 예배가 다가오고 있었다. 다시 문제가 시작되었다. 당시 로운이는 오후 7~8시 사이에 밤잠을 잤기에 우린 그 시간 이후에는 외출해 본 적이 없다. 그런데 성탄 전야제는 오후 7시 30분, 송구영신 예배는 오후 11시에 시작이었다. 당시 교회 부흥회 기간이었는데 말씀을 듣다가 갑자기 이런 문제들이 떠올랐다. 그리고는 바로 '온라인 예배를 드려야 하나?'라는 생각이 들기 시작했다.

그리고 동시에 '나를 키우던 우리 엄마 세대에는 온라인 예배라는 것이 없었는데 어떻게 하셨지? 나도 그 시절처럼, 온라인 예배라는 옵션이 없는 것처럼 아이를 키우고 싶다.'라는 생각이 들었다.

예배가 끝나고 먼저 육아를 해오신 집사님께 이런 마음을 이야기하고 질문을 했다. 집사님은 어떻게 하셨냐고 물으니 자면 자는 대로, 깨면 깨는 대로 연년생 두 아이를 데리고 신앙생활을 하셨다고 했다. 그리고 온라인 예배를 드려도 괜찮으니 편하게 생각해도 된다고 말씀해 주셨다. 집사님의 답변에 우리도 용기를 얻었다. 성탄 전야제, 송구영신 예배 모두 교회에서 드렸다. 놀랍게도 아이와 함께여서 더 은혜롭고 감사한 시간이었다.

예배를 사모하는 마음만으로 오전 10시 30분에 시작하는 수요예배에도 아이를 데리고 다녔었다. 우연히 드려보게 된 수요예배가 너무 좋아서, 나랑 로운이와 둘이 유아실을 쓰니 아이는 자유롭게 놀고 나는 마음껏 찬양하는 게 행복해서 계속 교회에 가게 되었다.

성탄 전야제

신년 특별 새벽기도회 가는 길

5일 동안 진행되는 신년 특별 새벽 기도회도 매일은 못 가더라도 하루는 해보자는 마음으로 단 하루지만 우리 세 가족 모두 참여했다.

교회에서 주일에 하는 성경 공부 프로그램도 신청하여 한주도 빠짐없이 완주하였다. 아이 때문에 포기하지 말고 로운이가 낮잠을 자는 이 시기에 열심히 참여해 보자, 일단 시작해 보고 너무 무리라면 그때 다시 생각해 보자는 마음으로 남편과 함께했다. 성경 공부는 총 12주 과정이었는데 감사히도 첫 번째 시간을 제외하고 11번의 시간 동안 로운이는 낮잠을 잘 잤다. 그래서 집중하여 그 시간을 의미 있게 보낼 수 있었다. 때마다 로운이를 재워주시는 하나님의 은혜를 경험했다.아이와 함께 교회에 가는 것은 쉬운 일은 아니지만, 무엇과도 바꿀 수 없는 귀한 일이다. 내 삶으로 우선순위와 믿음을 가르치는 일이다.

로운이는 교회에 따라가서 잠을 자기도 하고, 먹기도 하고, 놀기도 하며 일상을 보낸다. 그냥 흘려보내는 시간 같을지 모르겠지만 나는 교회에서 자는 로운이, 밥 먹는 로운이, 노는 로운이, 교회 속의 모든 로운이의 귀에 하나님의 말씀들이 들어갔을 거라고 믿는다. 그리고 앞으로도 로운이가 교회 안에서 건강하게 자라나기를 기도한다. 몸과 마음, 신앙이 건강한 한 사람으로 장성하기를 진심으로, 간절히 소망한다.

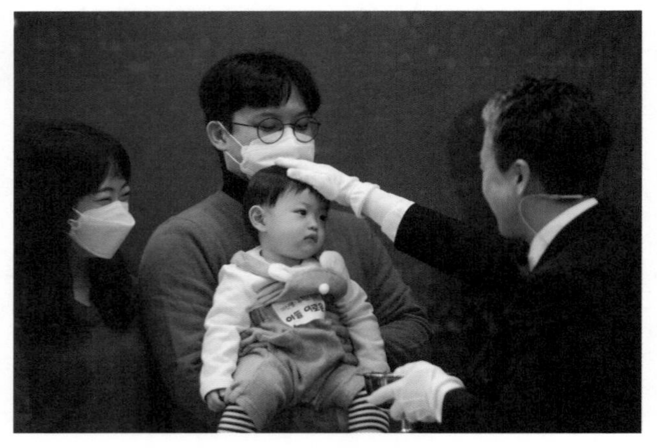

유아세례 받는 로운

"로운아, 언젠가 너와 함께 이런저런 하나님 이야기를 나눌 날을 기대해."

오늘의 이로운 육아일기

2023년 4월 29일

며칠 전에 기도하는데 문득 너무 행복하다고 말하게 되는 거야. 가진 건 없는데 그저 사랑하는 남편과 사랑스러운 네가 있어서 말이야. 사랑으로만 키운 네가 어디를 가나 사랑받기를, 그리고 어디를 가나 받은 것보다 큰 사랑을 나눠주기를 기도해. 500일 치 사랑해. 이로운! 아마 나는 매일 더 너를 사랑할 거야!

Part 5

충분히 아름다운 순간들

출근하고
싶다

백일이 갓 넘은 로운이를 돌보던 3월, 육아 말고 출근하고 싶다는 생각이 들었다. 유치원 교사인 나에겐 새 학기가 시작되는 3월은 마치 1월처럼 한 해의 시작 같은 달이다.

그래서 그때 더 유치원이 그립다는 생각이 들었던 것 같다. 아이를 돌보며 보내는 일상이 매일 똑같이 반복되는 느낌이 들었고 시간이 참 안 간다고 느껴졌다. 갑자기 훅 우울해지기도 했다.

육아가 매일 기쁘고 즐거우면 얼마나 좋을까? 날마다 충만한 사랑으로 아이를 키워낸다면 얼마나 아름다울까?

하지만 내가 겪어 본 육아의 시간은 그렇지 못했다. 그렇지 못한 엄마로 버텨내는 시간은 정말이지 아름답지 않은 것만 같았다. 하지만 지금은 안다. 육아란 24시간 즐겁지만은 않은 일이라는 것을. 참고 버텨내는 모든 순간과 마음이 육아라는 말에 포함된다는 것을. 그리고 그것조차 아름다운 엄마의 모습인 것을.

심지어 출근하고 싶어졌던 그날, 그 마음을 그대로 SNS에 적어 올렸다. 나의 육아 기록이 마치 매일 즐겁고 힘들지 않은 것처럼 오해받고 싶지 않았다. 순간순간 다가오는 어려운 마음이나 상황들을 있는 그대로 기록하고 싶었다. 그 모든 순간도 아름다운 엄마의 모습이고, 생생한 육아의 현장이기 때문이다. 그런데 자신을 다독이고 기록하는 그 글을 보고 몇몇 친구들로부터 연락받게 되었다.

두 아이를 키우고 있는 은주가 내가 좋아하는 공차 쿠폰을 보내주며 가까이에 지내면 공차 한 잔 사줬을 거라고 메시지를 보내왔다. 내 마음에 공감해 주며 당 충전하고 힘을 얻으라는 경험 섞인 말이 엄청난 위로가 되었다. 근처에 사는 유치원 선생님 지혜 선생님도 나를 위로하며 곧 로운이를 보러 오겠다며 연락을 주어 고마웠다. 각자 다른 말과 표현으로 나에게 잘하고 있다고, 힘내라고 토닥여 주고 있었다. 참 아름다웠다.

오늘의 이로운 육아일기

2023년 7월 25일

로운이가 폐렴으로 첫 입원을 했다. 아픈 아이가 안쓰럽지만 내내 그렇지는 못했다. 내 마음은 너무 좁아서 로운이가 장난치다가 커피를 다 쏟아버렸을 때나, 늦은 시간까지 잠들지 않을 때는 짜증이 밀려왔다. 이런 나 자신이 싫을 만큼. 그러다 또 이 작은 아이가 손에 주삿바늘을 꽂은 채로 얼마나 답답했을까 싶다. 좁은 마음이 돌고 돌아 다시 안쓰러움으로 메워진다. 내 마음, 너무 좁고 참 솔직하다.

왜 15분밖에 안 지났지?

잠귀가 너무 어두워서 알람을 비규칙적인 간격으로 5개 이상씩 맞추고 그것마저 익숙해져서 시끄러운 알람 시계까지 샀던 내가, 이제는 알람 시계가 필요 없어졌다. 놀랍게도 아이가 우는 소리는 방 사이를 건너서도 너무 잘 들리고 나의 몸을 엄청난 속도로 일으켰다. 그날도 어김없이 로운 모닝콜에 아침을 시작했다. 아침을 먹이고 아이랑 같이 놀고 있는데 맞은편 벽에 걸린 시계가 보였다. '음. 8시네.' 또 열심히 아이랑 최선으로 놀았다. '지금은 몇 시지?'

시계를 보는 순간 너무나 충격을 받았다.

'이렇게 열심히 놀아줬는데 15분밖에 안 지났다고????'
마음속으로 하나님을 외쳤다. 'Oh! My! God!'

이렇게 시간이 더디게 가는 날에는 이준이를 키우고 있는 영은이에게 영상통화를 걸었다. 이준이 얼굴도 보고, 영은이의 이야기도 듣고, 요즘의 육아 수다와 오늘은 시간이 너무 안 가서 전화했다는 둥 나의 근황을 전했다. 그렇게 영상통화를 하고 나면 또 20분은 거뜬히 지나간다.

그렇게 종종 시간이 느린 날에는 남편, 친정엄마, 내 동생 신희 등 생각나는 사람들에게 영상통화를 걸었다. 로운이도 영상통화가 재밌는지 통화연결음만 들려도 화면 속의 자신을 보며 웃었다. 화면 너머 누군가에게 손 인사를 건네고, 어른들의 대화를 듣고, 그 작은 화면 안에서 여러 모양의 애정을 느꼈다. 게다가 시간도 잘 가니 얼마나 좋은지!

남편과 육아
바통 터치

아이를 낳고 나니 주변으로부터 정말 많은 배려를 받는다. 그중 하나가 약속 장소를 늘 우리 집이나 우리 집 근처로 잡는 것이다. 그날도 동료 선생님들과 집 근처에서 모임을 했다. 나는 로운이와 동행했고, 나처럼 아이가 있는 윤아 선생님과 아들 도현도 함께했다. 우리 동네 호수 공원에서 돗자리를 펼치고 여러 가지 음식들을 먹으며 소풍을 즐겼다. 그리고 카페에 가서 이야기를 나누는 일정이었다. 그런데 중간에 도현이 아버님이 카페로 오셨다. 우리와 잠깐 인사를 나누고는 도현이를 데리고 집으로 가셨다. 그리고 도현이 엄마 윤아 선생님은 자유의 몸으로 수다를 나눴다.

'우와! 이렇게 좋은 방법이 있다니!' 그 이후 나도 열심히 따라 하기 시작했다.

우리는 주말부부이기 때문에 월~목요일에는 바통 터치할 남편이 없기에 우리 집에서 모임을 했다. 나의 지인들과 함께 로운이와 놀고 식사했다. 여느 때처럼 로운이를 씻기고 재우고 또 수다를 떨었다. 밤이 깊어지면 헤어지고는 했다.

그리고 남편이 포항에서 올라오는 금요일에는 모임 중에 남편이 와서 로운이를 데리고 갔다. 하루는 우리 집 근처 쇼핑몰에서 저녁을 먹으며 모임을 시작했다. 로운이도 아기 의자에 앉아 같이 식사했다. 그리고 남편이 그곳으로 와서 나의 지인들과 간단히 인사를 나눴다. 남편은 본인이 좋아하는 메뉴를 포장해서 로운이를 데리고 집에 갔다. 그 이후의 육아는 남편이 맡아서 하는 것이다.

나는 자유의 몸으로 대화에 집중하고 알차게 이야기를 나눴다. 그리고 집에 가기 전 남편이 좋아할 만한 소소한 간식을 사서 귀가했다. 고맙다는 말도 꼭 전했다.

이것이야말로 남편과의 환상의 호흡이 아닌가!? 육아 바통 터치!

엄마도
펑펑 울고 싶어

왜 힘들었는지 기억은 나지 않는다. 그냥 울고 싶었던 감정만 기억에 남는 그날. 남편에게 전화를 걸어 너무 힘들어서 울고 싶다고 말했다.

나는 남편에게 "울어도 괜찮아. 힘들면 펑펑 울어."라는 말을 듣고 싶었다. 그런데 우리 남편의 대답은 "울지 마." 였다. 물론 같은 의미의 말인 것을 안다. 나를 안쓰럽게 여기는 말투였기 때문이다. 그래도 답변이 마음에 들지 않았다. “짜증 나.” 하고는 전화를 끊었다. 그리고 엎드려 펑펑 울었다.

남편으로부터 다시 전화가 왔다. 받고 싶지 않아서 받지 않았다. 그리고 계속 울었다. 울고 있는데 어디선가 남편 목소리가 들렸다. 강아지 때문에 설치해 놓은 거실에 있는 홈 캠의 전화 기능을 사용해서 남편이 말을 한 것이었다. “희진아, 제발 전화 좀 받아봐.” 홈 캠 스피커로 전해오는 낮은 음질 남편의 목소리가 꽤 애절하게 들렸다. 다시 핸드폰에 전화가 왔고 벌써 마음이 조금 괜찮아진 나는 남편과 통화를 이어갔다. 남편은 나를 위로하며 좋아하는 가마로 강정 쿠폰을 보내주었다. 나는 눈물을 닦고 닭강정을 사러 유아차를 끌고 나갔다. 가는 길에 공차에 들러 밀크티도 마셨다. 시트콤 같지만 100% 실화이다.

또 어떤 날은 친정엄마랑 여동생 신희가 우리 집에 놀러 와서 로운이랑 아주 재밌게 지내고 행복하게 돌아갔다. 그런데 그날 저녁부터 갑자기 로운이가 열이 나기 시작했다.

온종일 잘 놀던 아이가 갑자기 아픈 것이다. 시간을 맞춰 가며 열을 재고 해열제를 먹였다. 해열제를 먹고 열이 떨어지는 것 같았다. 제발 밤이 무사히 지나가길 바랐지만 내 바람은 이뤄지지 않았다.

로운이는 밤에 잠에서 깨서는 계속 울었다. 울며 잠에서 깬 로운이를 곧바로 안아주었다. 그런데 어떻게 해도 그치지 않았고 내 품에서 장장 한 시간을 내내 울었다. 아픈 아이가 안쓰럽지만 한 시간 동안 우는 아이를 안고 달래는 나도 너무 힘이 들었다. 아빠 품에서는 잘 자던 로운이라 '아빠가 있었으면 금방 잠들었을 텐데….' 하는 원망 섞인 생각이 아픈 손목과 허리를 스쳤다. 주말부부로 지내는 이 상황이 참 야속하게 느껴졌다.

결국, 나도 더는 견디기가 힘들어졌다. 우는 아이를 안고 같이 펑펑 울었다. 아이처럼 엉엉 소리를 내며 눈물을 쏟아 내었다. 그렇게 둘이 한참을 울었다.

내 눈물을 다 쏟아내고 나니 다시 아이를 달래야겠다는

생각이 들었다. 우는 아이를 달래보려고 로운이가 좋아하는 유리컵에 물을 담아 주었다. 다행히 아이는 물을 마시고 울음을 그쳤다. 그리고 로운이는 그 유리컵을 손에 든 채로 내 품에서 겨우 잠이 들었다. 잠든 로운이를 살며시 다시 침대에 눕혔는데 바로 등 센서가 작동했다. 자는 척하며 옆에 나란히 누운 나에게 올라타서 졸린 눈으로 엉엉 우는데 로운이가 손에 든 유리컵이 내 얼굴에 자꾸 부딪혔다.

와… 진심으로 너무 아프고 고통스러웠다. 그 와중에 '애를 빨리 재워야 설거지하는데….' 하는 생각이 드는 동시에 들었다. 짙은 원망이 함께 몰려왔다. '왜 나는 혼자서 이 고생을 해야 하지? 한 사람만 더 있으면 설거지라도 안 할 텐데. 아 진짜 남편이 있는 포항에 내려갈까?' 하는 부정적인 생각이 나를 꽉 채웠다. 아프고, 슬프고, 짜증나고, 화나고, 간절했던 밤이었다.

다행히 시간은 여전해서 그 어두운 밤도 어쨌든 결국 지나갔다. 그리고 모든 상황과 내 마음을 남편에게 털어놓았다. 새벽에라도 메시지를 남겼다. 내가 힘들다고 말하지 않으면 남편은 절대 알 수 없다는 것을 수년의 경험으로 체득했다. 그래봤자 어차피 그 상황을 온전히 직면하는 것은 나이고, 결국은 다 내가 감당해야 한다는 것을 안다. 하지만 이 과정을 남편에게 공유하느냐, 마느냐는 큰 차이가 있다. 남편은 내가 보낸 메시지를 보고 아침에 이런저런 위로와 걱정스러운 마음을 보내왔다. 그러면 또 마음이 한결 나아진다.

출산 전의 나는 '육아'라고 하면 엄마와 아빠와 아이가 웃으며 손잡고 걷는 평화로운 장면을 상상했었다. 육아는 그렇게 아름다운 것으로 생각했었다. 하지만 이제는 안다. 아이를 키운다는 것은 그렇게 평화롭지 않다는 것을. 아이와 함께 보내는 일상은 늘 맑고 화창하지만은 않다. 비도 오고, 바람도 불고, 눈도 내린다. 심지어 육아 날씨는 예측도 불가하다. 그렇게 종종 폭풍과 그 비슷한 것들이 예고도 없이 찾아온다.

그때마다 다행히 시간은 끊임없이 흘러가고 결국은 또 모든 것이 지나간다. 어떤 폭풍은 눈물로 씻어내고, 어떤 비는 잠깐의 산책으로 지워내고, 어떤 먹구름은 맛있는 음식을 먹으며 이겨낸다. 그리고 앞으로도 종종 그렇게 찾아오고 지나갈 것이다.

마찬가지로 쉽지 않겠지만 또 잘 해내 보자고 나 자신에게 건투를 빌어본다. 그리고 이 글을 읽고 있는 우리 모두에게 파이팅을 건넨다. 그리고 꼭 말하고 싶다. 우리가 아이와 함께 살아내고 있는 모든 날이, 그 모든 과정이 충분히 아름답다고.

오늘의 이로운 육아일기

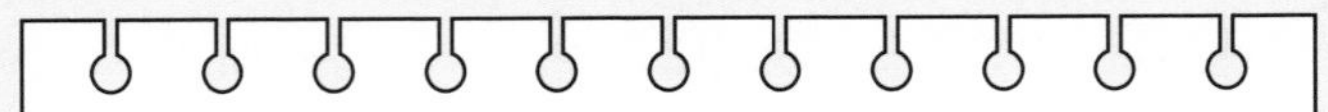

2023년 5월 8일

로운이가 벌써 이만큼이나 자라서 어느새 카네이션을 받는 날이 되었다. 네가 카네이션이 되어 달려와서가 아니고 넌 정말 그저 존재만으로 큰 기쁨이야. 귀여운 너의 사랑 잘 받을게. 그리고 늘 내가 더 사랑해. 이로운.